冷血遊戯

南 英男
Minami Hideo

文芸社文庫

目　次

第一章　謎の襲撃

1

闇が揺れた。

不意に暗がりから、車が疾駆《しっく》してくる。無灯火だった。

エンジン音が一段と高くなった。

道幅は、さほど広くない。四谷《よつや》の裏通りだ。両側には、小さなオフィスビルが連《つら》なっている。人影は疎《まば》らだった。

竜崎烈《りゅうざきれつ》は道の端に寄った。

いくらか酔っていた。馴染《なじ》みの酒場を三軒ほど回った直後だった。

二月の深夜だ。

夜気は棘々《とげとげ》しかった。風も強い。

春とは名ばかりで、冷え込みが厳しかった。吐く息がたちまち白く固まる。

不審な車が猛進してきた。

明らかに、竜崎を狙っていた。全身に緊張感が漲《みなぎ》った。このままでは撥《は》ね跳《と》ばされてしまう。左側には、ビルの外壁が迫っている。

竜崎は道の反対側に走った。

すると、怪しい車はすぐにステアリングを切った。狼狽《ろうばい》と戦慄を同時に感じた。

三十六歳の竜崎は、フリーの保険調査員だった。

主に損害保険の調査を手がけている。仕事のことで、他人の恨みを買うこともあった。

竜崎は目を凝《こ》らした。

運転席にいるのは男だった。だが、顔かたちや年恰好《としかっこう》は判然としない。

竜崎はナンバープレートを見た。

黒いビニールテープで覆《おお》い隠され、数字はまったく見えない。車は、すぐ近くまで迫っていた。もはや逃げきれない。

一か八《ばち》かだ。

竜崎は、アスファルトの路面を思い切り蹴った。

空気が縺《もつ》れ合った。竜崎は車に向かって跳《と》んだ。宙で体を丸め、肩からボンネットに転がる。

百八十二センチの長身が屋根《ルーフ》で回り、トランクルームの上で跳《は》ねた。やや長めの髪も舞った。

竜崎の体軀《たいく》は逞《たくま》しい。

筋肉質で、贅肉《ぜいにく》は数ミリもついていなかった。筋肉は鋼《はがね》のように強靱《きょうじん》だ。

細面《ほそおもて》の顔も男臭い。

浅黒い精悍《せいかん》な顔つきで、彫りが深かった。濃い眉は、ぐっと迫《せ》り出している。奥二重の両眼は鷹《たか》のように鋭い。

削《そ》げた頬や高く尖《とが》った鼻には、他人を竦《すく》ませるような威圧感がある。引き締まった薄めの唇も、ひどく男っぽい。

それでいて、顔全体に甘さがある。雑沓《ざっとう》で振り返る女たちも少なくなかった。

竜崎は路上に落ちた。

その瞬間、頭をまともに打ってしまった。何秒か、意識がぼやけた。

こんな所に倒れていたら、後輪で轢《ひ》き潰《つぶ》されることになる。

竜崎は立ち上がろうとした。

しかし、体が思うように動かない。自分の手脚《てあし》が他人のもののように感じられる。もどかしかった。焦躁感《しょうそうかん》と恐怖に取り憑《つ》かれた。

だが、どうすることもできなかった。そのまま竜崎は気を失ってしまった。

それから、どのくらいの時間が経過したのか。

寒さで、竜崎は我に返った。

初老の男が屈《かが》み込んで、竜崎の顔を覗《のぞ》き込んでいる。心配顔だった。正体不明の敵ではなさそうだ。

竜崎は、ひと安心した。

「大丈夫ですか？」

初老の男が問いかけてきた。

細身で、背が低い。皺《しわ》の目立つ顔には、やつれが宿っている。

「ええ、なんともありません。車は？」

「逃げたようです。鈍い衝撃音がしたんで、ここに走ってきたんですが、もう車は……」

「そうですか」

竜崎は短く答えた。

そのとき、額が濡れていることに初めて気づいた。疼痛《とうつう》もあった。

指先で触《ふ》れると、血糊《ちのり》が付着した。血の量は少なくなかった。ハンカチを傷口に宛《あて》がう。

「しっかりしなさい。もうじき救急車が来るはずです」

「あなたが呼んでくれたんですか？」

「ええ」

「ご迷惑をかけました」

竜崎は半身を起こした。

上体を起こしたものの、立ち上がれなかった。頭の芯がおぼろに霞《かす》み、視界もぼんやりしている。

遠巻きにたたずんでいる野次馬たちの姿が、陽炎《かげろう》のように揺らめいていた。長く見つめていたら、めまいを起こしそうだ。

「動かないほうがいいな」

初老の男が忠告した。

「どうも脳震盪《のうしんとう》を起こしたようです」

「それだけならいいが、脳挫傷《のうざしょう》を負ってるかもしれませんよ。そのままの状態でいたほうがいいと思うがな」

「わたしは、どのくらい気絶してたんだろう？」

「せいぜい三、四分でしょう」

「それなら、軽い脳震盪を起こしただけなんだと思います」

竜崎は頭を振ってみた。

だが、頭の中の靄《もや》は払えなかった。いったん安堵《あんど》した胸に、かすかな不安が兆《きざ》した。

──脳挫傷を負ってたら、厄介《やっかい》なことになるな。

竜崎は胸底で呟《つぶや》いた。それから間《ま》もなく、救急車が到着した。

野次馬たちの輪が狭《せば》まった。好奇心に満ちた視線が疎《うと》ましい。竜崎は担架に乗せられると、瞼《まぶた》を閉じた。

近くの救急病院に運び込まれたのは、およそ十分後だった。

医師と看護師が待ち受けていた。

救急センター室に運ばれると、ただちに脳の検査が行われた。幸運にも、脳はどこも傷《いた》めていなかった。

額の手当てを受ける。

六針ほど縫《ぬ》っただけで、縫合《ほうごう》手術は終わった。右肘《ひじ》の打撲傷も、たいしたことはなかった。

集中治療室を出ると、二人の男が歩み寄ってきた。

どちらも、どことなく目つきが鋭い。男のひとりが濃いチョコレート色の手帳を見せて、身分を明かした。二人は四谷署の刑事だった。

竜崎は廊下のベンチに坐らされた。両側に男たちが腰かける。

「状況から察して、計画的な犯行だね。あんた、誰かに恨まれてるんじゃないの？」

五十年配の刑事が言った。尊大《そんだい》な口調だった。

竜崎は一瞬、むっとした。しかし、感情を抑《おさ》えて穏《おだ》やかに言葉を返す。

「そういうことはないと思いますがね」

「あんた、保険の調査員だって？」

「ええ」

「あんたの調査報告によっては、請求した保険金を貰《もら》えなくなる人間もいるわけだよな？」

「たまには、そういうケースもあります」

「だったら、逆恨《さかうら》みされることだってあるんじゃないの？」

「まるで思い当たりません」

「本当だろうね？」

若いほうの刑事が口を挟んだ。疑わしげな目つきだった。三十代の後半だろうか。

「妙な言い方だな。まるでわたしが嘘でもついてるような口ぶりじゃないか」

「実際、そうなんだろ」

「なんで嘘をつく必要があるんです！　こっちは、危《あや》うく轢《ひ》き殺されるところだったんだっ」

竜崎は声を張り、目に凄《すご》みと憤《いきどお》りを溜《た》めた。

相手がたじろいで、顔を背《そむ》けた。

年配の刑事が目顔《めがお》で若い相棒を促《うなが》し、先にベンチから立ち上がった。若い刑事が、忌々《いまいま》しそうな顔で腰を浮かせる。

「場合によっては、また事情聴取させてもらうことになるよ」

年嵩《としかさ》の刑事が言った。竜崎は返事をしなかった。

二人の刑事は足早に遠ざかっていった。

竜崎はベンチに坐ったまま、煙草に火を点けた。ラークだった。

刑事たちには話さなかったが、犯人の見当はついていた。

竜崎は半月ほど前から、ある現金輸送車襲撃事件を調査している。調査の依頼主は、全日本損害保険協会の調査機関『リスク・リサーチ』だった。

その事件は新年早々に京和銀行丸《まる》の内《うち》支店の前で発生した。

銀行の現金輸送を引き受けている東京安全輸送という会社の輸送車が三人組の男たちに襲われ、車ごと四億円を強奪されてしまったのだ。

車は約五十分後、日比谷《ひびや》の地下大駐車場で発見された。車内には、遺留品は何も残っていなかった。指紋はもちろん、吸殻《すいがら》ひとつ採取されなかった。

奪われた四億円は、いずれも古い紙幣だった。

通し番号はない。明らかに、プロの犯行と思われる。

被害に遭《あ》った京和銀行は、大手損保会社二社に同額の盗難保険を掛けていた。

つまり、銀行には実害はなかったわけだ。すでに銀行には、二社から四億円の保険金が支払われている。

損害をもろに蒙《こうむ》ったのは、損保会社二社だった。

その二社ともアメリカの損保会社に、それぞれ一億二千万円の再保険を掛けていた。

しかし、どちらも八千万円ずつ自社負担をすることになってしまった。

そこで、その二社など大手損保会社が出資している『リスク・リサーチ』から、竜崎に調査の依頼が舞い込んだというわけだ。

条件は悪くはなかった。

着手金が三百万円で、成功報酬は二千万円だった。経費にも制限はなかった。

竜崎は、さっそく調査に取りかかった。

調べていくうちに、現金輸送車を運転していた男が犯人グループを手引きした疑いが濃くなってきた。その男は増永利直《ますながとしなお》という名で、四十三歳だった。

増永は妻帯者だが、ギャンブルにうつつを抜かしていた。給料の前借りを繰り返し、サラリーマン金融にも多額の借金があった。犯人の三人組は金に困っている増永に巧《たく》みに近づき、まんまと仲間に引きずり込んだようだ。

事件のあった日以来、増永は姿をくらましている。勤務先には、退職願が郵送されてきたらしい。

竜崎は、増永の行方《ゆくえ》を追いはじめた。

そのとたん、自宅に脅迫電話がかかってくるようになった。調査を打ち切らなければ、命は保証しないという内容だった。

厭《いや》がらせの電話は、ちょうど十回かかってきた。その後、正体不明の敵はずっと不気味な沈黙を守っている。

自分を轢き殺そうとしたのは、現金輸送車襲撃事件に関わった人間にちがいない。

竜崎は短くなった煙草をスタンド型の灰皿に投げ捨て、ベンチから腰を上げた。

柄物セーターの上に黒革のハーフコートを羽織《はお》り、大股で出口に向かう。いつからか、額の傷が疼《うず》きはじめていた。麻酔が切れたのだろう。

竜崎は救急病院を出た。

夜風は一段と強まっていた。竜崎はハーフコートの襟《えり》を高く立てて、車道に歩み寄った。酔いはすっかり醒《さ》めていた。
七、八分待つと、首尾《しゅび》よくタクシーの空車が通りかかった。
竜崎は、その車に乗り込んだ。世田谷《せたがや》区深沢《ふかさわ》にある自宅マンションに向かう。

——昔の仕事をつづけてたら、いまだにマンション暮らしなんかできなかっただろうな。

走りだしたタクシーの中で、ふと竜崎は思った。

彼は三年前まで、麻薬取締官だった。厚生省に入り、麻薬司法警察手帳を初めて手にしたのは十三年前だ。私大の法学部を卒業した年の四月だった。軽い気持ちで選んだ職業だったが、自分の性《しょう》に合っていた。

捜査活動は地味で、常に危険が伴《ともな》う。そのくせ、俸給はひどく安かった。それでも仕事そのものには、やり甲斐《がい》があった。

関東信越地区麻薬取締官事務所捜査一課を振り出しに、東海北陸地区麻薬取締官事務所、東北地区麻薬取締官事務所と転勤を重ね、三十歳のときに横浜分室に落ち着いた。竜崎は、そのまま麻薬取締官をつづける気でいた。

ところが、人生には思いがけないシナリオが用意されていた。自分の不注意から、若い部下を死なせてしまったのである。三年数カ月前の出来事だ。

その当時、横浜の新興暴力団がコロンビアのコカイン密売組織から大量の麻薬を買い付けていた。

竜崎は摘発を急ぐあまり、囮《おとり》捜査に踏み込むべきだと強く主張した。それは、かなり危険な囮捜査だった。室長は無謀だと諭《さと》し、なかなか許可を与えてくれなかった。

だが、竜崎は諦《あきら》めなかった。

室長を根気よく説得し、ついにゴーサインを出させた。竜崎自身が現場の指揮を執《と》ることになった。

警察とは異《こと》なり、囮捜査は違法ではない。ただ、しくじれば、取締官は命を落とす危険も孕《はら》んでいた。そんなことから、通常はベテラン取締官が囮捜査に当たる。

腕っこきの取締官には、特有の体臭のようなものがあるらしい。被疑者と接触すると、あっさり正体を看破《かんぱ》されてしまうケースが少なくなかった。

そこで竜崎は裏をかくことを思いつき、新米の取締官を起用することにした。吉成和宏《よしなりかずひろ》という若い部下を買い手に化けさせ、被疑者たちに接近させた。

その際《さい》、竜崎は独自の判断で、吉成に潜入用の自動拳銃や麻薬司法警察手帳を所持させなかった。容疑者グループを徹底的に欺《あざむ》く必要があったからだ。

しかし、囮捜査はすぐに敵に見抜かれてしまった。吉成の挙動に落ち着きがなかったせいだろう。

二十四歳になったばかりの部下は倉庫ビル街で、虫けらのように撃ち殺されてしまった。顔面に三発もマグナム弾を撃ち込まれ、造作《ぞうさく》の見分けさえつかなかった。

竜崎は部下を死なせてしまった責任を強く感じ、数日後に辞表を書いた。

室長をはじめ、同僚の多くが慰留《いりゅう》に心を砕《くだ》いてくれた。しかし、辞意《じい》は変わらなかった。職場を去ると、竜崎は無為《むい》に数カ月を過ごした。とても何かをする気分にはなれなかった。

『リスク・リサーチ』の軽部昌樹《かるべまさき》が反町《たんまち》のアパートを訪れたのは、そんなある日だった。

軽部とは旧知の仲である。五十四歳の軽部は、かつて海上保安庁の警備監だった人物だ。

麻薬取締官は海上保安官、税関職員、刑事などと協力し合って、〝水際作戦《みずぎわ》〟を展開することがよくある。そうしたことから、竜崎は軽部とも顔見知りになっていた。

その軽部に熱心に誘われ、フリーの保険調査員になったのだ。

竜崎は麻薬取締官時代、名うての捜査官として知られていた。検挙件数は毎年、横浜分室で最も多かった。どうやら彼は、その腕を見込まれたらしかった。

竜崎は軽部のオフィスに数カ月通い、損害保険に関する基礎知識を習得した。研修が終わると、軽部はすぐに仕事を回してくれた。

小さな事件だったが、竜崎は保険金請求者の狂言放火を見破った。そのことがきっかけで、損保会社から次々に調査の依頼が舞い込むようになったのだ。

いつしかタクシーは外苑東《がいえんひがし》通りを右折し、青山《あおやま》通りに入っていた。

車の流れはスムーズだった。タクシーはスピードを上げた。

自宅マンションの『深沢コーポラス』に着いたのは、それから二十数分後だった。

もう午前零時近かった。あたりに人気《ひとけ》はない。

タクシーを降りたときだった。

竜崎は、ふと誰かに見られているような気がした。さりげなく首を巡《めぐ》らせる。数メートル離れた場所に、白っぽいコートを着た男が立っていた。

中肉中背だった。三十二、三歳だろうか。堅気には見えない。全身に荒《すさ》んだ気配を漂わせていた。

敵の一味か。

竜崎は緊張した。

マンションの表玄関に向かうと、男が影のようについてきた。急ぎ足だった。

竜崎は、わざと歩度《ほど》を落とした。

誘いだった。案《あん》の定《じょう》、男が小走りに駆け寄ってくる。

竜崎は立ち止まった。体ごと振り向く。

「何か用か？」

「まあな」

男が勢いよく走り寄ってきた。コートが風を孕《はら》み、マントのように翻《ひるがえ》っている。

竜崎は、長身をやや屈《かが》めた。

男が跳躍し、片方の腿《もも》を胸の近くまで引き寄せた。飛び蹴りを放つ姿勢だ。男の右脚《あし》が発条《ばね》のように伸びた。

竜崎は横に跳《と》んだ。

男の閃光《せんこう》のような蹴りは、空《くう》に流れた。竜崎は素早く体の向きを変えた。

そのとき、男が着地した。いくらか前のめりの体勢だった。

竜崎は大きく踏み込んだ。

男が体を反転させた。竜崎は、男の顔面に右の鉤突《かぎづ》きを浴びせた。骨と肉が鈍く鳴った。

竜崎は学生時代に中国拳法をたしなんでいる。三段だった。鉤突きは、ボクシングのフックに当たる突き技だ。

男が呻いて、体をふらつかせた。

竜崎は相手にできるだけ近づき、今度は眉間に直突《じかづ》きを叩き込んだ。

男が叫びながら、大きくのけ反《ぞ》った。そのまま万歳《ばんざい》をするような恰好で、後方に引っくり返った。

中国拳法は、寸頸《すんけい》とか短頸《たんけい》と呼ばれている近打《ちかう》ちを秘伝としていた。突きは相手の表面を傷つけることなく、内部を破壊することを狙って編《あ》み出された技《わざ》が圧倒的に多い。

「何者だ?」

竜崎は男に歩み寄った。

男が跳ね起きた。動きは速かった。その右手には、匕首《あいくち》が握られている。刃渡りは三十センチ近い。

竜崎は数歩退《さが》った。

男が匕首を中段に構え、低く言った。

「これ以上、増永のことを嗅《か》ぎ回るんじゃねえ」

「おまえは、現金輸送車を襲った三人組のひとりらしいな」

竜崎は呟いた。

「つまらねえことに興味を持つと、若死にすることになるぜ。とにかく、調査を打ち切れ！　わかったな」

「そうはいかない。これが、おれの仕事だからな」

「なら、こっちも手加減しねえ！」

男は喚《わめ》くなり、刃物を斜めに薙《な》いだ。

刃風《はかぜ》が湧いた。だが、切っ先は竜崎の体から四十センチ以上も離れていた。

男が舌打ちして、匕首を引き戻した。

竜崎は後退しはじめた。

退《さが》りながら、革のハーフコートを脱ぐ。自分に牙を剝《む》く相手は容赦《ようしゃ》なくぶちのめす主義だった。竜崎はコートを右手に持つと、大胆に前進した。

「今度は腸《はらわた》を抉《えぐ》ってやらあ」

男が薄く笑って、右腕を水平に泳がせた。

白っぽい光が揺曳《ようえい》した。竜崎は斜めに跳び、レザーコートで男の匕首を叩き落とした。刃物はアプローチの石畳の上に落ち、無機質な音を刻んだ。

男が一瞬、棒立ちになった。

竜崎はハーフコートで男の頭をぶっ叩き、すかさず下腹を蹴り上げた。スラックスの裾がはためき、ローファーが深々と肉の中に埋まる。斧刃脚《ふじんきゃく》と呼ばれる前蹴りだった。男が体をくの字に折って、尻から落ちた。

竜崎は踏み込み、すぐさま括面脚《かつめんきゃく》を放った。中国拳法の回し蹴りだ。空手や少林寺拳法とは、少し蹴り方が違う。伸ばした脚を外から内に振り回し、脚の親指側の面を当てる。

回し蹴りは、男のこめかみを直撃した。骨が軋《きし》み、肉が派手な音をたてた。

男は野太《のぶと》く唸りながら、横倒れに転がった。

竜崎は駆け寄って、男の睾丸《こうがん》を思うさま蹴り潰《つぶ》した。

男が凄まじい声を発し、転げ回りはじめた。眼球が引っくり返っている。剝《む》き出した乱杙歯《らんぐいば》の間から、獣じみた唸《うな》り声が洩《も》れた。

竜崎は匕首を拾い上げてから、男を摑《つか》み起こした。

「ドスなんか持ち歩いてるんだから、堅気じゃないな。どこの組の者だ？」

「そんなこと言えるかよっ」

「なら、言えるようにしてやろう」

竜崎は、男の頬に匕首の刃を当てた。

「そんな威《おど》しにビビるおれじゃねえや」

「粋《いき》がるな！」

竜崎は言いざま、匕首を斜めに滑らせた。

少しもためらわなかった。男が喉の奥で呻《うめ》いた。左の頬に赤い線が生まれていた。

傷は浅かった。

「て、てめえ」

「そろそろ喋《しゃべ》る気になったか？」

「ざけんじゃねえ！」

「意外に、しぶといな。見直したぜ」

竜崎は茶化して、無造作に男の左肩に切っ先を数センチ沈めた。

男が長く唸り、白目を剝《む》いた。

「何者なんだ、おまえは？　吐かなきゃ、次は喉を搔《か》っ切るぜ」

「やめろ、やめてくれ！　お、おれは新宿《ジュク》の衣笠組《きぬがさぐみ》の者《もん》だ」

「名前は？」

「石堂《いしどう》ってんだ」

「おまえが組の仲間と一緒に京和銀行から四億円を強奪したんだな！」

「おれは無関係だ。その事件《ヤマ》を踏んだのは……」

石堂と名乗った男は、急に口を噤《つぐ》んだ。

竜崎は匕首を左右にこじった。眉ひとつ動かさなかった。傷口から、鮮血があふれた。石堂がけたたましい声を放ち、膝から崩れた。匕首が抜け、刃先から血の雫《しずく》が滴《したた》り落ちた。

「事件《ヤマ》を踏んだ奴らの名前を言うんだっ」

「ま、待ってくれ、いま、言うよ。だから、ドスを捨ててくれねえか」

石堂が膝立ちの姿勢で、切れぎれに言った。

竜崎は刃物を石堂の顔から離した。

その直後だった。石堂が不意に竜崎の腹に頭突きを入れた。予想もしなかった反撃だ。

竜崎は躱《かわ》せなかった。体がよろけた。

石堂が足を飛ばしてきた。竜崎は跳びすさり、すぐに前蹴りを放った。底足《ていそく》で、石堂の鳩尾《みぞおち》のあたりを蹴りつけた。蹬脚《とうきゃく》という前蹴りだった。

石堂が達磨《だるま》のように後ろに倒れた。両脚が跳《は》ね上がり、靴の底が見えた。無様《ぶざま》な恰好だった。

「おい、きみたち、何をしてるんだね！」

背後で、男の声がした。

竜崎は振り向いた。六十代半《なか》ばの男が立っていた。いくらか酒気《しゅき》を帯びているようだった。

「空手の練習をしてたんですよ」

竜崎は言い繕《つくろ》った。

男がぶつくさ言いながら、歩きだした。

竜崎は苦笑して、石堂の方に向き直った。ちょうど石堂が植え込みの中に逃げ込んだところだった。

竜崎は血塗《まみ》れの刃物を暗がりに投げ捨て、石堂の後《あと》を追った。

石堂は庭から裏の通用口に回り、マンションの脇道に飛び出した。ほどなく竜崎も、その道に躍《おど》り出た。しかし、すでに石堂の姿は掻《か》き消えていた。

あたり一帯を走り回ってみたが、徒労に終わった。

——逃げ足の速い奴だ。

竜崎は歯《は》噛《が》みして、『深沢コーポラス』に引き返した。

エレベーターで、十階に上がる。一〇〇五号室が自分の部屋だ。間取りは１ＬＤＫ

だった。

分譲ではなく、賃貸《ちんたい》だ。家賃は駐車料や管理費を含めると、月額二十万円近かった。住まいを兼ねたオフィスだった。

自分の部屋に入ると、竜崎は真っ先にファックスに歩み寄った。何も受信されていなかった。留守番電話には、吉成弘子《よしなりひろこ》の伝言が録音されていた。今夜、泊まりに来るという内容だった。

二十九歳の弘子は、三年前に死なせてしまった吉成の姉だ。殉職した部下の墓参をしているうちに、竜崎は弘子と恋仲になったのである。

二人が深い関係になって、はや一年半が過ぎている。

弘子は目黒区の自由が丘で、小さな花屋を経営していた。

週に一、二度、彼女は竜崎の部屋に泊まる。ごくたまにだが、竜崎も弘子のマンションに泊まることがあった。弘子の住むマンションは、世田谷の上野毛《かみのげ》にある。

長椅子に腰かけたとき、懐《ふところ》で携帯電話が鳴った。

竜崎はモバイルフォンを耳に当てた。電話をかけてきたのは、野上昇一《のがみしょういち》だった。大学時代からの友人だ。

野上はフリーライターだった。五年前まで、彼は大手新聞社で社会部記者として活躍していた。仕事のことで上司とぶつかり、退社してしまったのだ。現在は主に月刊総合誌や週刊誌で、犯罪ノンフィクションを発表している。

「こんな時間に済まない。実は、おまえに預かってもらいたい物があるんだ」

電話の向こうで、野上が言った。

「どんな物？」

「それは、会ったときに話すよ。明日の午後八時に、いつもの店で落ち合おう」

「相変わらず、強引な奴だ」

「よろしくな」

「待てよ、野上！」

竜崎は呼びかけた。だが、早くも電話は切られていた。

竜崎は苦笑した。

2

冷えたビールがうまい。

竜崎は立ったまま、缶入りのバドワイザーを呷《あお》っていた。ダイニングキッチンだ。

湯上がりだった。

腰にバスタオルを巻きつけているだけだ。無作法な恰好だが、解放感がある。

缶ビールを飲み干したとき、玄関のあたりで小さな物音がした。石堂が仲間を引き連れて逆襲する気になったのか。竜崎は抜き足で玄関ホールに走った。

ちょうどそのとき、玄関のドアが開いた。

来訪者は弘子だった。スエードコートを腕に抱えている。色は深みのあるグリーンだった。

ざっくりとした黒いセーターに、ベージュのスカートという身形《みなり》だ。なかなかシックだった。今夜も、息を呑《の》むほど美しい。

「額の傷、どうしたの?」

弘子が驚きの声をあげた。黒々とした円《つぶ》らな瞳が一層、大きくなった。瓜実顔《うりざねがお》には、熟《う》れた色気がにじんでいる。

「酔っ払って、飲み屋の階段から転げ落ちたんだよ」

竜崎は嘘をついた。弘子に余計な心配をかけたくなかったからだ。

「縫ったの?」

「ああ、六針ほどな」

「あまり深酒しないようにね」

弘子が甘く睨《にら》み、ロングブーツを脱いだ。

竜崎は玄関マットの上で、弘子を抱きしめた。香水の匂いが鼻腔《びこう》に滑り込んでくる。竜崎は背を大きく屈《かが》め、弘子の唇を塞《ふさ》いだ。

二人は、ひとしきり唇を貪《むさぼ》り合った。

顔が離れたとき、弘子が言った。

「今夜はここまでにしておきましょうよ」

「なぜ？」

「だって、傷に障《さわ》るでしょ？」

「この程度の怪我は、どうってことないさ。おれの体は、いつも通りだよ。その証拠を見せてやろう」

竜崎は弘子の右手を自分の股間に導いた。欲望は早くも猛《たけ》りはじめていた。

「タフなのね」

「このまま寝室に直行しよう」

「先にベッドに入ってて。シャワーを浴びたら、すぐに行くわ」

「シャワーなんかどうでもいい」

竜崎は腰を屈《かが》めると、弘子を肩に担《かつ》ぎ上げた。

弘子が嬌声《きょうせい》をあげ、脚をばたつかせた。むろん、本気で抗《あらが》っているわけではない。

一種の戯《たわむ》れだった。

竜崎は奥の寝室に入り、弘子をセミダブルのベッドに横たわらせた。

室内は暖房がほどよく効いている。竜崎はメインライトの光量を少し絞ってから、弘子の衣服を一枚ずつ脱がせはじめた。愉《たの》しい作業だった。

弘子は軽く目を閉じていた。

竜崎は弘子を全裸にすると、肉感的な肢体を眺め下ろした。

豊満な乳房は横たわっていても、ほとんど形が崩れていない。早くも淡紅色の乳首は尖《とが》っている。

ウエストのくびれが深く、腰の曲線が悩ましい。

飾り毛は、ほぼ逆三角形に繁っている。オイルをまぶしたように艶《つや》やかだ。むっちりとした白い腿《もも》は、まだ充分に瑞々《みずみず》しかった。肌は抜けるように白い。

竜崎はバスタオルを投げ捨てると、斜めにのしかかった。

弘子の片方の乳房が弾みながら、平たく潰《つぶ》れた。いい感触だった。

改めて唇をついばみはじめる。口紅の味が甘やかだ。弘子が情熱的に吸い返してきた。

二人は舌を深く絡《から》めた。

弘子がいつものように竜崎の頭髪をまさぐり、筋肉の盛り上がった肩や背を撫ではじめた。いとおしげな手つきだった。しなやかな指の一本一本に、たっぷりと情感が込められている。

竜崎も弘子の肌を愛撫しはじめた。

肌理《きめ》が細かい。まるで鞣革《なめしがわ》のような手触りだ。肌の火照《ほて》りも快かった。

濃厚なくちづけを交わすと、竜崎は唇を弘子の項《うなじ》に移した。軽く肌を吸い上げ、舌を滑走させる。

弘子が喘《あえ》ぎはじめた。耳の縁《ふち》や鎖骨《さこつ》のくぼみを舌でなぞると、彼女はなまめかしい呻き声を洩らした。男の官能を奮《ふる》い立たせるような声だった。

形のいい顎《あご》は、大きくのけ反っていた。

竜崎は首筋をくまなく唾液で濡らすと、耳朶《みみたぶ》を甘咬《あまが》みした。さらに、舌の先で耳の中をくすぐった。ほとんど同時に、弘子が裸身を震わせた。

少し経《た》ってから、竜崎は弘子の耳の後ろを舌で軽く掃《は》いた。

すると、弘子が身を揉《も》んで甘く呻いた。そこは彼女の性感帯だった。

竜崎は舌をさまよわせながら、張りのある乳房を交互に揉みはじめた。

弾む肉の感触がたまらない。グレープフルーツ大の隆起は弾みながら、さまざまに形を変えた。

肌は、しっとりとしている。掌《てのひら》に吸いついてくるような感じだ。

弘子が喘ぎながら、竜崎の昂《たか》まったペニスを握った。

その掌は柔らかで温かかった。ほっそりとした指が動きはじめた。竜崎はいくらか腰を浮かせ、硬く痼《しこ》った乳首を交互に含んだ。吸いつけ、そよがせ、押し転がす。

弘子が呻きながら、竜崎の欲望を刺激した。指の動きには、リズムがあった。竜崎は煽《あお》られた。

乳首を舌と唇で慈《いつく》しみながら、秘めやかな部分に指を進める。繁みは綿毛のように柔らかい。

その和毛《にこげ》を五指で幾度か梳《す》いてから、鋭く尖《とが》った芽に指を伸ばす。包皮は大きく後退していた。芯の部分は、生ゴムのような手触《てざわ》りだ。

突起を抓《つま》んで揺さぶりたてると、弘子は裸身をくねらせた。淫《みだ》らな声も放った。はざまを探《さぐ》る。花弁はぼってりと膨《ふく》らみ、半ば笑《え》み割れていた。

竜崎は指で合わせ目を捌《さば》いた。

次の瞬間、熱い潤《うる》みがどっと零《こぼ》れた。それは、すぐに亀裂全体を濡らした。さらに雫《しずく》となった蜜液が、会陰部《えいんぶ》を朝露のように滑り落ちていった。

竜崎は長い指を躍《おど》らせはじめた。

鍵盤を叩くように、はざまの肉を優しく打つ。そのたびに、淫靡《いんび》な音がたった。刺激的なサウンドだった。

弘子が呼吸を乱し、啜《すす》り泣くような声をあげはじめた。その腰はくねくねと動き、時に大きく迫《せ》り上がった。エロチックだった。

竜崎は、感じやすい部分に熱の籠《こも》った愛撫を施《ほどこ》しつづけた。

それから間もなく、弘子は最初の極《きわ》みに達した。全身をリズミカルに震わせ、愉悦《ゆえつ》の声を轟《とどろ》かせた。

竜崎は、熱くぬかるんだ場所に二本の指を潜《もぐ》らせた。

弘子が小さな声をあげた。竜崎は指を深く沈めた。

襞《ひだ》の息づきが、はっきりと指に伝わってくる。緊縮感は鋭かった。

竜崎は指をGスポットに当てた。擦りつづける。

数分後、弘子が堰《せき》を切ったように憚《はばか》りのない声を放ちはじめた。女豹の唸《うな》りに近い声だった。

竜崎はいったん身を起こし、弘子の秘めやかな場所に顔を埋めた。

そこには、女の匂いが籠っていた。決して不快な香りではなかった。濃密で、煽《せん》情《じょうてき》的な匂いだった。

竜崎は舌を閃《ひらめ》かせはじめた。

弘子が切なげに腰を迫り上げ、淫蕩《いんとう》な声を発しつづけた。甘い呻きや短い言葉は、途中で何度も途切れた。実際、息も絶え絶えの有様だった。

竜崎は一段とそそられた。

舌全体で下から舐め上げはじめた。後ろの部分を指の腹で揉みながら、顔を上下に動かす。

いくらも経《た》たないうちに、弘子が火照《ほて》った内腿で竜崎の頬を挟みつけた。

次の瞬間、彼女は二度目のうねりに呑まれた。全身で歓喜を表し、悦《よろこ》びの声を迸《ほとばし》らせた。

そのつど、弘子の腿や脇腹に漣《さざなみ》に似た震えが走った。快感のうねりが凪《な》ぐと、彼女はむっくりと上体を起こした。

「今度は、わたしにやらせて」

「ああ」

竜崎は仰向《あおむ》けに寝そべった。

弘子が股の間にうずくまり、すぐさま昂《たか》まった男根《だんこん》をくわえた。垂れた髪の毛が、竜崎の下腹や腿をくすぐった。悪くない感触だ。

胡桃《くるみ》に似た部分を優しく揉み立てながら、弘子が舌を使いはじめた。

巧《たく》みな舌技だった。弘子の舌は羽毛《うもう》になり、虫になり、蛇になった。実に変化に富んでいた。

竜崎は徐々に体を時計回りに変え、互《たが》いの性器に舌が届く姿勢をとった。

二人は熱心に舌技を競《きそ》い合った。数分もすると、弘子が三度目のエクスタシーを味わった。快楽の声は途切れそうになりながらも、なかなか熄《や》まなかった。

竜崎はいつも弘子を三度 頂《いただき》に押し上げてから、体をつなぐことにしていた。

弘子の震えが小さくなった。

竜崎は弘子を仰臥《ぎようが》させ、肥大《ひだい》した分身を沈めた。

潤みは夥《おびただ》しかった。それでいて、密着感が強い。生温かい襞《ひだ》が吸いつくようにまとわりついてくる。締《し》めつけられるたびに、竜崎は声が洩れそうになった。

「四度目は、あなたと一緒に……」

弘子が上気した顔で言い、海草のように身をくねらせはじめた。

竜崎は無言でうなずいた。
六、七回浅く突き、一気に深く沈んだ。むろん、腰の捻《ひね》りも加えた。
弘子の喘《あえ》ぎが次第に高くなっていく。

竜崎はダイナミックに腰を躍らせつづけた。

快感が深まると、弘子は竜崎の腰を両脚で強く挟みつけた。柔らかな腓《こむら》の感触が優しい。火照《ほて》りも伝わってきた。

竜崎はスラストを速めた。

弘子が顔を左右に振りはじめた。

眉根をきつく寄せていた。眉と上瞼の間に、濃い影が溜まっていた。口は半開きだった。きれいな歯列の奥で、桃色の舌が妖しく舞っている。色っぽい唇は、すっかり乾いていた。

竜崎は弘子に深い快楽を与えたことを目で確かめ、いくらか誇らしい気分になった。肉を交《まじ》えるなら、相手の女をとことん満足させなければならない。それが、竜崎のセックス哲学だった。

喘《あえ》ぎが呻きに変わり、じきに弘子はクライマックスを迎えた。

それを追う感じで、竜崎は勢《いきお》いよく放った。

その瞬間、頭の中が白濁《はくだく》した。背筋を走り抜ける痺《しび》れが快かった。

蠢《うごめ》くものが、竜崎を強く搾《しぼ》り上げはじめた。

余韻は深かった。二人は重なったまま、しばらく動かなかった。弘子の目尻には、光る粒《つぶ》が宿っている。もちろん、悲しみの涙ではない。

やがて、二人は体を離した。

竜崎は弘子のかたわらに仰向けになった。すぐに弘子が、竜崎の肩に頬を押しつけてきた。

「女に生まれてよかった。こういうときは、つくづくそう思うわ」

「おれは、男に生まれたことを感謝したくなるよ」

「あら、どっちも自分のほうが得をしたような気分になるのね」

「そうらしいな」

竜崎は言って、弘子の髪をまさぐった。

「それにしても、男と女の縁って不思議ね。弟があんなことにならなかったら、多分、あなたとわたしはこんなふうにはなってなかったと思うの」

「だろうね。おれは、きみの死んだ弟に二重に借りを作っちまったのかもしれない」

「どうしてそんなふうに考えるの？　弟のこととわたしは別だわ」

「しかし、きみと会っていれば……」

「弟の話は、もうよしましょう」

弘子が遮《さえぎ》るように言った。

二人の間に沈黙が落ちた。

「ちょっとシャワーを浴びてくるわね」

弘子が先に短い沈黙を破って、ベッドから滑り降りた。

竜崎は腹這《はらば》いになり、ラークに火を点《つ》けた。弘子が寝室を出て、浴室に向かう。

煙草の火を消した直後だった。居間で電話が鳴った。固定電話のほうだ。

竜崎は身を起こし、逞《たくま》しい素肌にガウンをまとった。居間に走り、素早く受話器を摑《つか》み上げた。

「夜分に申し訳ありません。野上の家内です」

瑠美《るみ》の沈んだ声が響いてきた。彼女は三十歳で、飛びきりの美人だ。子供に恵まれなかったからか、二子玉川でブティックを経営している。

「やあ、しばらく！　野上に何かあったの？」

「主人がまだ帰宅してないんです。そちらにお邪魔してるかもしれないと思って、電話を……」

「おれのとこには来てないよ」

「そうなの。どうもお騒がせしました」

「仕事仲間とどっかで飲んでるんじゃないのかな」

「それなら、いいんですけど」

「何か心配するようなことがあるのかい？」

竜崎は訊《き》いた。

「近頃、主人の様子がなんとなく変なんです。何か隠しごとをしているような感じで、どことなくおどおどしてるの」

「野上らしくないな」

「ひょっとしたら、好きな女性ができたのかもしれないわ」

「何か思い当たるようなことがあるの？」

「いいえ、特にこれといったことはないんです」

「だったら、きみの思い過ごしだと思うな」

「そうね、きっと。そのうち主人から電話があるかもしれないわ。どうも申し訳ありませんでした」

瑠美がいつもの声で言って、先に電話を切った。野上は妻に内緒で何をやっているのか。

竜崎は受話器をフックに返した。

3

どこかで爆音がした。

竜崎は眠りを破られ、跳《は》ね起きた。窓の外で、また異様な音が轟いた。

それは、バックファイヤーの音だった。

ベッドに弘子の姿はない。すでに午前十一時近かった。弘子は自分の店で花を売っているにちがいない。

女はタフだ。

竜崎は、しみじみと思った。

二度目の交わりが終わったのは、午前四時過ぎだった。弘子はほんの数時間まどろんだだけで、大森にある生花市場に出かけたようだ。

竜崎はベッドを降り、ガウンを引っ掛けた。

居間に足を踏み入れたとき、コーヒーテーブルの上で携帯電話が鳴った。モバイルフォンを耳に当てると、『リスク・リサーチ』の軽部所長の声が響いてきた。

「増永が一千万円近く借金してた『三友《さんゆう》ファイナンス』の実質的な経営者がわかったよ」

「誰だったんです？」

竜崎は問いかけながら、リビングソファに腰を下ろした。

「光洋海運の郷原勇《ごうはらいさむ》社長だったんだ」

「あの郷原が、『三友ファイナンス』の影の社長だったのか……」

竜崎は思わず唸った。

光洋海運は静岡県清水区に本社を置く小さな会社だが、問題のある業者だった。四年ほど前に持ち船で多量の覚醒剤を台湾から運び、荷揚げ直前に横浜分室に摘発されている。そのとき、竜崎も捜査に立ち会っていた。

取り調べの結果、機関長が大口密売人に抱き込まれたことがわかったが、竜崎は会社ぐるみで麻薬の運び屋を引き受けたと睨《にら》んだ。

だが、それを裏付ける物証は得られなかった。罰《ばっ》せられたのは、機関長と大口密売人だけだった。

もともと光洋海運は保険詐取屋《ペーパー・パイレーツ》として、損保会社や海上保安庁にマークされていた。過去十年間に七隻のオンボロ貨物船を赤道付近や北方の海で故意に沈没させ、多額の保険金をせしめた疑いがある。

もちろん、そのつど損保会社は調査に乗り出した。だが、光洋海運の不正を暴《あば》くだけの証拠は摑《つか》めなかった。

ただ、状況から判断して、保険金詐取を目的とした艦船覆没《かんせんふくぼつ》に間違いなかった。そんなわけで、光洋海運は国内外の損保会社のブラックリストにも載《の》っている。

「光洋海運はもう麻薬の運び屋や保険金詐欺はできないと判断して、荒っぽい稼ぎをする気になったんだろうか」

軽部が自問するように言った。

「その線は、充分に考えられますね。借金の返済ができなくなった増永を抱き込んで、郷原勇が犯罪のプロたちを雇って現金輸送車を襲わせたのかもしれません」

「竜崎君、増永は姿を消したきり、一度も自宅には戻ってないのかね?」

「ええ、いまのところは。しかし、何らかの方法で女房の昌代《まさよ》には連絡をとると思います。だから、またしばらく増永の家の前で張り込んでみるつもりです」

「よろしく頼むよ」

電話が切られた。

ふと竜崎は、野上のことが気にかかった。いったん終了キーを押し、友人の自宅に電話をかけた。

すぐに瑠美が受話器を取った。野上はついに昨夜は帰宅しなかったという。

「これまでも無断外泊するようなことはあったの？」

竜崎は訊いた。

「外泊することはよくあったんだけど、そういうときは必ず連絡をくれたの。どこかで交通事故にでも遭《あ》ったのかしら？」

「そのうち、ひょっこり戻ってくるよ。そう気を揉むことはないさ」

「だけど、心配で気持ちが落ち着かないんです」

「緊急の取材が入ったのかもしれないぜ。出入りの雑誌社やライター仲間に問い合わせてみた？」

「ええ。でも、取材で動き回ってるという話はどなたも聞いてないそうです」

「野上が仕事のことで何か悩みを打ち明けたことは？」

「そういうことはなかったわ。むしろ、大きな仕事ができるかもしれないなんて言ってたんですよ」

「大きな仕事か……」

竜崎は一瞬、今夜、野上と会う約束があることを口走りそうになった。瑠美の不安を取り除いてやりたかったからだ。

しかし、すぐに思い留《とど》まった。野上の用件は、どこか秘密めいていた。ありのままを伝えたら、瑠美は余計に不安を募《つの》らせることになるにちがいない。

「もし主人から何か連絡があったら、こちらに電話をするように伝えていただけます？」

「もちろん、そう言うよ。ところで、お店のほうは繁昌してるのかな？」

「あまり儲かってないんです。思っていたよりも経費がかかるんで、まだ赤字ね」

「そのうち客が定着するんじゃないのかな。もう少し頑張ってみなよ」

竜崎は友人の妻を力づけ、先に電話を切った。モバイルフォンをコーヒーテーブルの上に置く。

居間は暖かかった。弘子が気を利《き》かせて、ガス温風ヒーターのスイッチを入れてくれたにちがいない。

竜崎はダイニングキッチンに移った。

食堂テーブルの上に、弘子の走り書きがあった。朝食の用意ができていることが簡潔に書かれ、温め直す必要のあるものが列記されていた。

竜崎はメモの指示通りに、コーヒーやハムエッグなどを温め直した。

洗顔は後回しにして、遅い朝食を摂《と》った。それからシャワーを浴び、外出の支度に取りかかった。オリーブ色のタートルネックセーターの上に、焦茶《こげちゃ》のスエードジャケットを羽織《はお》る。下はキャメルのスラックスを選んだ。

竜崎はダンディーというほどではなかったが、服装の配色には気を配るほうだった。ふだんは、たいていラフな恰好をしている。

竜崎は部屋を出て、エレベーターで地下駐車場まで降りた。

灰色のレクサスに乗り込み、杉並の久我山《くがやま》に向かう。増永の自宅まで三十分とかからなかった。

平屋建ての古い借家だった。竜崎は、増永の家の数十メートル手前に車を停めた。そのまま路上駐車して、張り込みをはじめた。

増永の妻の顔は、すでにわかっている。昌代が外出着で家から出てきたら、彼女を尾行するつもりだった。

――まず昌代が家にいるかどうか確認しないとな。

竜崎は上着の内ポケットから、携帯電話を取り出した。

手帳を見ながら、数字キーを押す。コールサインが三度鳴り、先方の受話器が外れた。

「増永です」

昌代の声だった。

竜崎はすぐに電話を切るつもりだったが、急に増永の高校時代の友人を装う気になった。思いついた偽名を騙《かた》って、増永の妻に話しかけた。

「増永君、会社をやめたんですね。さっき東京安全輸送に電話したんですよ」

「主人ったら、わたしに相談もしないで、勝手に会社をやめてしまったんです」

「それはよくないな。増永君に替わってもらえますか」

「主人は半月ほど前から、ずっと家にはいないんですよ」

「旅行に出かけたんですね?」

「いいえ。静岡の方に条件のいい働き口があるからと出かけたままで、それきりまったく連絡がないんです」

「無責任な奴だなあ」

「ほんとうに、どうしようもない男だわ」

昌代が吐き捨てるように言った。

「それはそうと、奥さん、警察に捜索願を出したんですか?」

「ええ、四、五日前に。だけど、なんの手がかりもなくて」

「そうですか」

「あのう、ご用件は?」

「同窓会のことで、ちょっとね。日を改めて、また連絡しますよ」

竜崎は、そそくさと電話を切った。

無駄になることを覚悟して、しばらく張り込んでみる気になった。

一時間が流れ、二時間が経過した。しかし、昌代が外出する気配はうかがえない。

ここでずっと張り込んでいるよりも、衣笠組の石堂という男を痛めつけたほうが早そうだ。

竜崎は車を発進させた。

近くの五日市《いつかいち》街道まで走り、青梅《おうめ》街道をたどって新宿に入る。誠友会衣笠組の事務所は、区役所通りに面した雑居ビルの五階にあった。

竜崎は、そのビルの斜め前に車を停めた。

携帯電話を手にする。竜崎は組事務所に石堂がいるかどうか、電話で確認した。石堂は、まだ事務所には顔を出していないという話だった。

待つことにする。

竜崎はダイアナ・ロスのミュージックテープを聴きながら、退屈な時間を遣り過ごした。

張り込みは、いつも自分との闘いだった。

待つことに焦《じ》れてしまったら、結果はたいてい悪くなる。過去に幾度か苦い思いをしたことがあった。

竜崎は苛立《いらだ》ちを鎮《しず》めながら、ひたすら待ちつづけた。獲物を狙う狩人《かりゅうど》の心境だった。待った甲斐があった。

石堂が姿を現わしたのは、午後四時過ぎだった。白いジャージの上下に、ボア付きの革コートを羽織っていた。袖《そで》に腕は通していない。コートをいからせた肩に掛けているだけだった。

石堂は、頰に大きな絆創膏《ばんそうこう》を貼っていた。

左肩が不自然に盛り上がっている。そこに、ガーゼが宛《あてが》われているのだろう。

石堂が雑居ビルに吸い込まれた。

竜崎は車から降りなかった。組事務所に押し入るのは、あまりにも無謀すぎる。日本刀を振り回され、銃弾を浴びせられるのはかなわない。

竜崎は、石堂がビルから出てくるのをじっと待った。

石堂が姿を見せたのは、小《こ》一時間後だった。夕闇が漂いはじめていた。

連れはいなかった。石堂は肩をそびやかしながら、靖国通《やすくにどお》りに向かって歩《ほ》を進めていた。

竜崎は車を走らせはじめた。

徐行運転で、尾《つ》けていく。やがて、石堂は新宿区役所の斜め前にあるパチンコ屋に入っていった。

竜崎は車を左に寄せた。レクサスを路上に駐《と》め、パチンコ屋に入る。石堂は店の中ほどで、スロットタイプの台で玉を弾いていた。

竜崎は同じ列の端に坐った。

パチンコを愉《たの》しんでいる振りをしながら、石堂の様子を盗み見る。石堂の玉は増えたり減ったりしている。竜崎のほうも似たようなものだった。大当たりは期待できそうもない。

十分ほど過ぎると、石堂が急に立ち上がった。

受け皿にアメリカ煙草を入れ、化粧室に向かった。竜崎は少し間《ま》を取ってから、手洗いに足を向けた。

ドアを細く開け、化粧室の中を覗いた。

石堂が小便をしていた。ほかには人影はなかった。

竜崎は化粧室に躍り込んだ。

石堂が竜崎に気づき、驚きの声をあげた。竜崎は、朝顔に向かっている石堂の腰を蹴りつけた。

鋭角的な横蹴りだった。空気が高く唸った。

石堂が小便を撒《ま》き散らしながら、濡れたタイルの上に転がった。肩に引っ掛けていた黒革のボア付きコートも床に落ちた。

竜崎は素早く手洗いの中を眺め渡した。

洗面台の横に、モップが立てかけてある。それをドアの把手《とって》に嚙ませ、竜崎はふたたび石堂を蹴り込んだ。

今度は脇腹だった。

アンクルブーツの先に、石堂のだぶついた肉の感触が伝わってきた。

石堂が野太く唸って、手脚《てあし》を縮めた。ジャージのパンツは、ところどころ小便で濡れていた。

「とりあえず、薄汚《うすぎたね》えものを隠せよ」

竜崎は茶化した。

石堂が低く悪態をつきながら、黒々としたペニスをトランクスの中に戻した。竜崎は口を歪《ゆが》め、石堂の側頭部を思うさま蹴った。

肉がひしゃげ、骨が軋《きし》んだ。

石堂が怪鳥《けちょう》のような声を放ち、独楽《こま》のように体を回転させた。まるでブレークダンスだった。二周半もした。

竜崎は屈《かが》んで、石堂の体やポケットを探《さぐ》った。

拳銃も短刀も持っていなかった。石堂の襟首を摑み、そのまま大便用の個室《ブース》に引きずっていく。石堂はもがいたが、無駄な抵抗だった。竜崎は冷笑した。

便器は和式だった。

竜崎は石堂を腹這《はらば》いにさせ、顔全体を便器の中に押し入れた。同時に、流水コックを一気に下げた。

水が勢いよく流れ、石堂の顔面にぶち当たる。水飛沫《みずしぶき》が四方に飛び散った。

石堂が両腕を突っ張らせて、必死に頭をもたげようとしている。

竜崎は片脚を浮かせ、アンクルブーツの踵《かかと》で石堂の後頭部を強打した。

石堂が呻いて、顔面を便器の底にくっつけた。

すかさず竜崎は、流水コックを押し下げた。

またもや石堂の顔は水浸しになった。竜崎は同じことを十回あまり繰り返した。

すると、石堂は幾度もむせた。頬の絆創膏は剝《は》がれ、排水口を詰まらせかけていた。

それを石堂に抓《つま》み上げさせたとき、誰かが化粧室のドアを押した。

「いま、清掃中なんですよ。もう四、五分、待ってください」

竜崎は大声で言った。

ドアを押した者は、じきに遠ざかっていった。

竜崎はひとまず胸を撫でおろし、足で石堂を仰向けにした。石堂はぐったりとして、抵抗する素振りも見せない。

「きのうの質問に答えてもらうぜ」

「おれは何も知らねえんだ」

石堂が喘《あえ》ぎ喘ぎ、弱々しく言った。

竜崎は精悍な顔に冷たい笑みを拡《ひろ》げ、石堂の腹の上に片方の靴を載せた。その足に重心を掛け、もう一方の足を宙に浮かせる。

そのとたん、石堂が雄叫《おたけ》びめいた声を発した。

竜崎は石堂の唸り声を掻き消すため、便器に水を流した。

「現金輸送車を襲ったのは、衣笠組の者なんだな！」

「うちの組は無関係だ」

「あんまり手間をかけさせんなよ」

「おれたちは金森《かなもり》の兄貴に言われて、あんたの調査をやめさせようとしただけなんだ」

「金森？」

「うちの代貸《だいがし》だよ。代貸も、襲撃事件にゃ噛んじゃいねえんだ。組長《オヤジ》がある人から頼まれたことをおれたちに……」

「ある人って、誰なんだ」

「そこまでは言えねえよ。言ったら、おれは消されちまう。頼む、もう勘弁してくれよ」

石堂が震えながら、情けない声で言った。

「吐かなきゃ、おれがおまえを殺《や》ることになるぜ」

「冗談だろ？」

「本気さ」

竜崎は言い終わらないうちに、石堂の急所を蹴りつけた。石堂が両手で股間を押さえて、体を左右に振った。

「このままキンタマを蹴りまくれば、おまえは確実にあの世行きだ」

「わ、わかった、言うよ。うちの組長《オヤジ》に泣きついてきたのは、光洋海運とかいう会社の社長だ。確か郷原とかいう名だったよ」

「やっぱり、そうか。郷原と組長は長いつき合いなのか？」

「そんな古いつき合いじゃねえと思うけど、時々、会ってるみてえだな」

「そうか。きのうの晩、おれを四谷の裏通りで轢き殺そうとしたのは誰なんだ？」

「おれの舎弟の和田《わだ》って奴だよ。野郎に命令したのは、おれじゃねえんだ。金森の兄貴だよ」

「金森は、おれを殺せって命じたのか？」

「いや、怪我させるだけでいいって言ってたよ」

「金森は事務所にいるのか？」

「代貸は、いまハワイに行ってんだ。あと四、五日しないと、こっちには戻って来ねえはずだよ。嘘じゃねえ」

「二度とおれの周《まわ》りをうろつくな！」

「わかったよ」

「急に物分かりがよくなったな」

竜崎は引き締《し》まった唇をたわめ、石堂の顎に強烈な蹴りを入れた。石堂がのたうち回りながら、子供のように泣きはじめた。

竜崎は出口に急いだ。

4

溜息が出た。

約束の時間は、とうに過ぎている。もうじき午後九時だ。野上は、いっこうに現われない。電話連絡もなかった。

——時間には正確な男なんだがな。

竜崎は小首を傾《かし》げ、盃を口に運んだ。

もう五合近く飲んでいた。渋谷にある郷土料理の店だった。野上と痛飲するつもりで車を自宅に置き、タクシーでここに来たのだ。

この店には、かれこれ十年近く通っている。野上とは、いつもここで落ち合っていた。

「野上さん、どうしちまったんでしょうね」

六十絡《がら》みの店主が同情の籠った声で言い、竜崎の前に紅葉漬《もみじづ》けを置いた。鮭の身と筋子《すじこ》を一緒に漬け込んだもので、岩手の名産だ。竜崎は東京生まれだったが、この郷土料理には目がない。

すぐに箸《はし》をつけた。塩加減がほどよく、酒の肴《さかな》には持ってこいだった。

紅葉漬けを平らげたころ、店の電話が鳴った。

店の主《あるじ》が受話器を取った。短い遣《や》り取りをして、竜崎にコードレスフォンを差し出した。

「野上さんの代理の方からです」

「そう」

竜崎は受話器を耳に当てた。

すると、男の低い声が確かめた。

「失礼ですが、竜崎さんですね？」

「そうです」

「わたし、野上さんに頼まれて、あなたを別の店にお連れするよう言われてるんですよ」

「野上は、その店で待ってるんですか？」

「そうです。これから、そこにご案内しますから、すぐにその店を出てもらえませんか。わたし、あなたを迎えに行きますから」

「わかりました」

竜崎はコードレスフォンを店主に返し、あたふたと勘定を払った。

店の前の路上にたたずんでいると、三十歳前後の男が駆け寄ってきた。背広もコートも小ざっぱりとしている。

「わたし、中平《なかひら》といいます。野上さんとは飲み友達なんですよ」

「そうですか。竜崎です」

「こちらです」

中平と名乗った男が、せかせかと歩き出した。

竜崎は、男の後に従った。

中平は数十メートル先で、横道に入った。路地に足を踏み入れたとたん、暗がりから人影が飛び出してきた。

竜崎は反射的に立ち止まった。影が近づいてきた。小太りの男だった。三十七、八歳だろう。

「そのまま、もっと奥まで歩くんだ」

「何者なんだっ」

「いいから、歩きな。騒ぎやがったら、撃《ハジ》くぜ」

男がコートの下から、何か取り出した。

小型の輪胴式拳銃《リボルバー》だった。短い銃身には、濃紺のマフラーが巻きつけてあった。

竜崎は、ひとまず逃げようとした。

だが、遅かった。中平が行く手に立ち塞《ふさ》がった。その右手には、フォールディング・ナイフが光っている。

「衣笠組だな！」

竜崎は道の端まで退《さが》り、二人の男を等分に睨《ね》めつけた。どちらも口を開かなかった。

路地には、人っ子ひとりいない。薄暗かった。

小さな事務所や飲食店が飛び飛びに並んでいるが、どこも明かりは灯《とも》っていない。バブル景気のころに地上げされ、そのまま放置されているのだろう。

「野上ってフリーライターから、何か預かってんじゃねえのか？」

小太りの男が低く言って、撃鉄《ハンマー》を搔き起こした。スミス＆ウェッソンM36だった。

「何も預かっちゃいない。野上は、いったい何をやらかしたんだ？」

「見ちゃいけねえものを見ちまったんだよ。もう少しつき合ってもらうぜ。歩きな」

男が暗い道の奥に目をやって、たるんだ二重顎《あご》をしゃくった。

竜崎は逆《さか》らわなかった。二人の男が素早く竜崎の両側に回る。

男たちに背を押されながら、竜崎は裏通りを進んだ。数十メートル歩くと、四つ角にぶつかった。左に曲がって間もなく、竜崎は立ち止まらされた。

そこには、黒いベンツが駐《と》まっていた。

中平がフォールディング・ナイフを仕舞《しま》い、ベンツの運転席に入った。

竜崎は拳銃で脅され、後部座席に押し込められた。

すぐに小太りの男が、かたわらに乗り込んできた。ほとんど同時に、硬い銃口が竜崎の脇腹に押し当てられた。

「おれをどうする気なんだ?」

「喋るんじゃねえ」

男が苛立《いらだ》たしげに吼《ほ》え、中平に車を出せと命じた。

中平が黙ってうなずいた。ベンツが動きだした。地を舐《な》めるような進み方だった。

車は道玄坂下から、玉川通りに入った。

——こいつらは、おれんとこを家捜《やさが》しする気だな。

竜崎は、そう直感した。

やはり、ドイツ車は数十分後に『深沢コーポラス』の地下駐車場に滑り込んだ。男たちは鮮やかなやり口で、竜崎の逃げ道を封じた。

やむなく竜崎は二人の男とともに、十階にある自分の部屋に入った。

男たちは、どちらも靴を脱がなかった。

土足で部屋の中を歩き回り、煙草の吸殻をカーペットに落とした。

竜崎は怒りを持て余しながら、命じられるままに居間のソファに坐った。M36を握った小太りの男が、竜崎のこめかみに銃口を押し当てた。

「野上から預かった物は、どこにある?」

「何度も同じことを言わせるな。そんな物、預かっちゃいない」

「しらばっくれる気かい。いい根性してんじゃねえか」

男が言いざま、銃把《グリップ》で竜崎の頭頂部を撲《う》った。

もろに脳天に響いた。目から火花が散り、息が詰まった。思わず竜崎は身を縮めていた。殴打《おうだ》された箇所が鋭く疼《うず》きはじめた。

「早く口を割らねえと、頭が西瓜《すいか》みてえに割れちまうぜ」

「気が済むまで、家捜ししたら、どうなんだ」

「くそったれが!」

男が毒づいて、中平に目配せした。

中平が奥の寝室に駆け込んだ。すぐにクローゼットの扉を乱暴に開ける音が響いてきた。ハンガーフックの滑る音がして、引き出しを開閉する音が聞こえた。

「無駄なことをやるもんだ」

竜崎は、せせら笑った。

小太りの男が険《けわ》しい顔つきになった。何か言いかけたとき、中平が居間に戻ってきた。中平は首を振ると、居間を徹底的に調べはじめた。すべての引き出しが抜かれ、書棚の本はことごとく床に落とされた。

中平は洗面所や浴室までチェックし、西洋人めいた仕種《しぐさ》で肩を竦《すく》めた。小太りの男が長く息を吐く。

竜崎は、ベッドのある部屋に連れ込まれた。

正坐させられ、銃把《グリップ》で首筋を強打された。筋肉が重く鳴った。うずくまると、二人に交互に腰や腹を蹴られた。

竜崎は全身の筋肉に力を入れ、ダメージを最小限に留《とど》めた。そうしながら、反撃のチャンスを待つ。

幾度か、短い隙《すき》は生まれた。

しかし、竜崎は無理しなかった。相手を逆上させたら、命を落としかねない。

絨毯《じゅうたん》の上に転がると、竜崎はネクタイで後ろ手に縛られた。足首もベルトできつく括《くく》られた。忌々《いまいま》しかった。

ネクタイとベルトは、中平がクローゼットの中から持ち出した物だった。

「警察《サツ》に泣きついたりするんじゃねえぞ」

小太りの男が言い捨て、中平とともに部屋から飛び出していった。

竜崎は俯《うつぶ》せになったまま、両手首に力を込めた。

同じことを何度か繰り返すと、ネクタイが緩《ゆる》んだ。ほどなく両手が自由になった。すぐに足首に喰い込んだベルトをほどき、勢いよく立ち上がった。

竜崎はモバイルフォンを使って、野上の自宅に電話をかけた。

瑠美のことが気にかかったからだ。コールサインが虚《むな》しく鳴りつづけている。

すでに瑠美は、正体不明の敵に拉致《らち》されてしまったのか。

禍々《まがまが》しい予感が胸を掠《かす》めた。焦《あせ》りも生まれた。

野上の自宅に行ってみることにした。

竜崎は車のキーを摑《つか》み、慌《あわ》ただしく自分の部屋を出た。

野上夫妻は、大田区《おおたく》の東雪谷《ひがしゆきがや》にある賃貸マンションに住んでいた。竜崎は地下駐車場を出ると、レクサスを中原《なかはら》街道に向けた。

目的のマンションに到着したのは、およそ三十分後だった。

竜崎は車をマンションの前の路上に駐《と》め、エントランスロビーに駆け込んだ。管理人はいない。

ドアもオートロック式ではなかった。

竜崎はエレベーターで四階に上がった。

四〇五号室のインターフォンを鳴らす。応答はない。ノブは回った。

竜崎はそっとドアを開け、玄関に身を滑り込ませた。

玄関マットが泥で汚れていた。居間に通じる廊下には、靴の跡がくっきりと残っている。複数の足跡だった。

誰かが、ここに押し入ったことは間違いない。

竜崎は靴を脱ぎ、居間まで走った。

無人だった。ソファセットや家具が乱れ、床に書物や背当てクッションなどが散乱している。

「瑠美さん、どこにいるんだ？」

竜崎は大声を張りあげた。

すると、左隣の和室で女のくぐもった呻き声がした。竜崎は、その部屋に走り入った。一瞬、立ち竦んだ。

キャミソール姿の瑠美が畳の上に転がされていたからだ。細い針金で縛られている。痛ましい恰好だった。両腕を背の後ろで結《ゆ》わかれ、折り曲げられた両脚も腰のあたりで括《くく》られている。

逆海老固《ぎゃくえびがた》めに似た縛られ方だった。

口には、猿轡《さるぐつわ》を噛まされている。水色のスポーツタオルだ。張り詰めていた気持ちが、竜崎に気づくと、瑠美は烈《はげ》しく泣きじゃくりはじめた。いっぺんに緩《ゆる》んだのだろう。

「もう大丈夫だ」

竜崎は優しく声をかけ、最初に口のスポーツタオルを外した。嗚咽《おえつ》が一段と高くなった。瑠美は泣きながら、懸命に喋ろうとする。しかし、それは言葉にはならなかった。

「無理して喋らないほうがいいな」

竜崎は手早く針金をほどいた。

瑠美の手首と足首には、針金の痕《あと》が彫り込まれていた。うっすらと血もにじんでいる。

「何か身にまとってくれないか。その恰好じゃ、話もできないからな。居間で待ってるよ」

竜崎は和室を出た。

瑠美がしゃくり上げながら、身繕《みづくろ》いをする気配がした。竜崎は散らかった物をざっと片づけ、勝手に総革張りのリビングソファに腰かけた。クリーム色だった。ラークを一本喫《す》い終えたとき、和室から瑠美が姿を見せた。

グリーングレイのブラウスの上に、カウチンセーターを重ねている。下は、ベージュのプリーツスカートだった。

卵型の整った顔は、まだ強張《こわば》っていた。セミロングの豊かな髪も、ほつれたままだった。

もう泣いてはいなかったが、目が充血している。

竜崎は立ち上がって、瑠美を正面のソファに坐らせた。瑠美は放心したような面持《おもも》ちだった。

「何があったのか説明してくれないか」

竜崎は促《うなが》した。

「わたしがお店から戻ると、すぐに宅配便の配達人になりすました二人の男が押し入ってきたんです」

「どんな奴らだった？」

「二人とも、やくざっぽかったわ。男たちはわたしの自由を奪うと、部屋中を引っ掻き回しはじめたの。何か捜してるようだったわ」

「男たちは何か言わなかった？」

「別に何も……」

瑠美が首を振り、両手で軽く髪の毛を押さえつけた。

「野上の机のあたりを入念に調べなかった？」

「そういえば、調べてたわ。主人は、いったい何をしたんでしょう？」

「どうも野上は、他人のスキャンダルか何かを握ったらしいんだよ。実はね、おれも渋谷でおかしな奴らに襲われたんだ」

竜崎は野上と会う約束があったことを明かし、詳《くわ》しい経過を話した。

「主人は、竜崎さんに何を預けるつもりだったのかしら？」

「写真か録音音声、あるいは極秘資料のコピーのような物だったんじゃないかな」

「野上は、どうして何も話してくれなかったんだろう？」

「多分、瑠美さんに余計な心配をかけたくなかったんだろうね」

「それにしても……」

瑠美が不服そうに言い、下唇を噛んだ。

「野上が摑んだ秘密は、かなり大きなものだと思うよ。だから、荒っぽい男たちに追い回されることになったんだろう」

「野上は、政財界を揺るがすような汚職の証拠を手に入れたんでしょうか？」

「それほどのビッグスキャンダルを摑んだとは思えないが、多分、大物の後ろ暗い何かを嗅《か》ぎ当てたんだろう」

「主人は、たったひとりでペンで何かを告発する気なのね？」

「そうなんだろう。野上は硬骨漢だからな」

「彼のジャーナリスト魂はすごいと思うけど、命と引き換えにしてまで不正を暴《あば》いても……」

「きみがそんな言い方しちゃ、野上は立つ瀬がないんじゃないのかな」

「そうね。でも、わたしには彼はただの夫ですもの」

「言いたいことはわかるよ。それはそうと、最近、野上のことで何か気づいたことはない？」

竜崎は長い脚を組んで、低く問いかけた。

瑠美が考える顔つきになり、ほどなく口を開いた。

「今度のことに関係があるのかどうかわからないけど、先月は、ほぼ五日置きに静岡方面に釣りに出かけました」

「野上は昔から、磯釣りに凝《こ》ってたからな。しかし、こんなときに頻繁《ひんぱん》に釣りに出かけるというのも妙な気がするね」

「おそらく釣りに行くという話は、カムフラージュだったんだと思います」

「竿《さお》やクーラーを使った形跡はなかったんだね？」

「ええ、そうなの。どちらも、まったく汚れてなかったんです」

「ということは、静岡のどこかで何かを探《さぐ》ってたと考えられるな。野上がどのあたりに行ってたのか、わかるかい？」

「主人のウインドブレーカーのポケットに、清水区や沼津市の喫茶店やレストランのマッチが入ってました」

「清水区や沼津市か」

　とっさに竜崎は、光洋海運のことを考えた。

光洋海運の本社は清水区内にあり、郷原社長の自宅は沼津市内にあったはずだ。野上は、自分と同じ事件を調べていたのだろうか。

　そういう偶然も起こり得ないとは言えない。

というのは、野上は大きな事件にはおおむね関心を抱いていたからだ。現に去年の夏に、同じ放火殺人事件を調べたことがあった。

「あのマッチ、取っておけばよかったわ。箱マッチは潰《つぶ》れかけてたし、ブック・マッチのほうは数本しか残ってなかったから、捨ててしまったんです」

「店の名前、憶《おぼ》えてる？」

「どっちかはっきり思い出せないんだけど、喫茶店のほうは『エトワール』だったんじゃなかったかしら？　待って、それはレストランのほうだったかもしれません」

「野上の書斎をちょっと調べさせてもらってもいいかな？」

「ええ、どうぞ」

瑠美が先に腰を上げ、玄関ホールの方に歩き出した。

野上の書斎は、玄関の近くにある。八畳の洋室だった。灰色のカーペットの上にパソコンが転がり、本が乱雑に投げ出されている。

大きな仕事机の上も散らかっていた。

引き出しはどれも半分ほど開けられ、中身が零《こぼ》れかけている。それこそ、足の踏み場もなかった。

「主人は日記をつけてたの」

「日記に何か書いてあるかもしれないな」

二人は手分けして、日記帳を捜しはじめた。

それは、投げ捨てられた書物の下敷きになっていた。発見したのは瑠美だった。

竜崎は、渡された日記に目を通した。しかし、手がかりになるような文章は一行も見当たらなかった。

二人は部屋の中を片づけながら、隅々《すみずみ》まで目を配ってみた。

だが、写真や録音音声のメモリーの類《たぐい》はついに見つからなかった。

竜崎は瑠美と顔を見合わせ、無言で長嘆息した。

5

居間の電灯を点《つ》ける。

竜崎はたったいま、野上の自宅から戻ったところだ。

もう深夜だった。部屋の空気は冷えきっている。竜崎はガス温風ヒーターのスイッチを入れ、長椅子に腰かけた。

少し経つと、携帯電話の着信音が軽やかに鳴りはじめた。

モバイルフォンを耳に当てる。

「約束をすっぽかして、悪かったな」

野上の声だった。

「心配かけやがって。おまえ、妙な男に追い回されてたようだな？」

「竜崎まで襲われたのか⁉」

「罠を仕掛けられたんだよ」

竜崎は、経過を手短に話した。

「すまん！　おまえまで巻き込んでしまって」

「野上、奴らは何者なんだ？　おまえは何を調べてるんだよ？」

「とにかく会おう。実はおれ、おまえのマンションの裏手にいるんだ。児童公園の前に電話ボックスがあるよな？」

「ああ。なんで、おれの部屋に来ない？」

「マンションの表玄関のあたりに、おかしな連中がいるんだよ。公園で待ってるから、すぐに来てくれないか」

「わかった」

竜崎は電話を切ると、大急ぎで部屋を出た。

マンションには、通用門がある。そこから表に出た。

怪しい人影はなかった。児童公園は二百メートルほど先にあった。竜崎は公園まで小走りに走った。

野上は滑り台の横にたたずんでいた。

園灯を背負う位置だった。地面に長い影が落ちている。竜崎は大股で友人に近づいた。

野上は寒そうに足踏みをしていた。表情が暗い。青と緑を基調にしたデザインセーターの上に、芥子色《からしいろ》のマウンテンパーカを着込んでいた。

上背は竜崎とほとんど変わらないが、野上は痩身《そうしん》だった。長い髪を真ん中で分けているせいか、どことなく哲学者じみている。

「いろいろ迷惑をかけてしまったな」

向かい合うと、野上が軽く頭を下げた。

「水臭いこと言うな。それより、おまえは何を嗅《か》ぎ回ってる？」

「まだ詳しい話はできないが、ちょっとした特ダネを摑《つか》んだんだよ」

「政治家か財界人のスキャンダルでも握ったらしいな」

「政財界人の醜聞なんてのは珍しくもないから、いまや雑誌ジャーナリズムはほとんど興味を示さんよ」

「もっとジャーナリスティックなネタか……」

「そんなとこだよ。おれは薄汚い拝金《はいきん》主義者どもをペンで告発してやりたいんだ」

「ジャーナリストとしての根性は評価するが、もう少し奥さんを大事にしてやれよ。今夜、おまえんとこが家捜しされたんだぞ」

竜崎は詳しい話をした。

「ちくしょう！　なんて奴らなんだっ」

「おまえは衣笠組の連中に追われてるんだな？」

「なぜ、竜崎がそこまで知ってるんだ⁉」

野上が目を丸くした。

「実は、おれも同じ事件を調査中なんだよ」

「そうだったのか」

竜崎は問いかけた。

「強奪事件のシナリオを練ったのは、光洋海運の郷原社長なんだろう?」

「おれも最初はそう思ったんだが、どうも郷原は利用されたようなんだよ」

「誰に利用されたんだ?」

「残念ながら、まだ誰とは断定できないんだよ。もう少し証拠固めをしないとな。そうそう、こいつをしばらく預かって欲しいんだ」

野上がパーカのアウトポケットに手を突っ込んだ。

ちょうどそのときだった。

二つの人影が、園内に躍り込んできた。どちらも男だ。

「奴らだ」

野上が怯《おび》えた声で低く呟《つぶや》き、急いでポケットから何かを摑み出そうとした。しかし、気持ちが急《せ》いているからか、なかなか引き出せない。

「おれが奴らを足止めするから、その隙におまえは逃げろ」

「しかし、それじゃ……」

「まごまごしてると、大事な物を奴らに奪《と》られるぞ。とにかく、いまは逃げるんだ。早く行け!」

竜崎は低く命じた。

野上がうなずき、身を翻《ひるがえ》した。植え込みを飛び越え、公園の外に出た。

二人の男が、野上を追おうとする。竜崎は走って、男たちの行く手に立ちはだかった。

どちらも初めて見る顔だった。

ひとりは三十代の半ばで、ずんぐりした体型だ。顔も下駄のように四角張っている。

もうひとりは二十七、八歳だった。縁なしの眼鏡をかけていた。二人とも背広の上に、白っぽいコートを羽織っていた。

「おい、なんのつもりだよ！」

ずんぐりした男が竜崎に怒鳴って、かたわらの男に合図した。

眼鏡の男が、すぐに野上を追う素振りを見せた。竜崎は斜めに跳《と》んで、男の横っ面に鉤突《かぎづ》きを見舞った。

男が突風に煽《あお》られたように体を泳がせ、横倒れに転がった。弾《はず》みで、縁なし眼鏡が飛んだ。

「この野郎！」

下駄顔の男が怒声を張りあげながら、竜崎の腰に組みついてきた。

竜崎は少しも怯《ひる》まなかった。男の厚い肩口に肘打《ひじう》ちをくれた。

男が呻いて、片膝を地面についた。止《とど》めを刺された闘牛のような動作だった。竜崎は男の胸板に膝蹴りを入れた。

肋骨《ろっこつ》の折れる音がした。

男が太く唸りながら、朽木《くちき》のようにゆっくりと後ろに倒れた。それきり悶《もだ》え苦しむだけで、身を起こそうとはしない。

竜崎は、若いほうの男に体を向けた。

男が怒号を放ちながら、殴りかかってきた。

竜崎はパンチを片腕で払い、相手の鼻柱を直突《じかづ》きで潰《つぶ》した。男が後ろに吹っ飛び、仰向けに引っくり返った。

竜崎は男に走り寄って、腹と腰を七、八回蹴りつけた。

男は転げ回りながら、血反吐《ちへど》を撒《ま》き散らした。竜崎は、ずんぐりした男に目をやった。

ちょうど半身を起こしたところだった。竜崎は助走をつけて、高く跳躍した。湧き上がった風と風が烈《はげ》しく縺《もつ》れ合った。

竜崎は、相手の角張った顔面に飛び蹴りを浴びせた。旋風脚《せんぷうきゃく》という大技だ。的《まと》は外さなかった。男の鼻の軟骨が潰れ、前歯が何本か折れた。口許《くちもと》は血に染まっていた。

　竜崎は、倒れた男を砂場に引きずり込んだ。

「な、なにするんだよ⁉」

　男の声は、ひどく聞き取りにくかった。

　歯がなくなり、口の中に血糊が溜《た》まっているせいだろう。

　竜崎は男を仰向けにさせ、掬《すく》った砂を口の中に突っ込んだ。掌《てのひら》に残った砂粒は目に擦《こす》りつける。

　男が女のような悲鳴をあげ、横向きになった。喉を軋《きし》ませながら、砂を吐き出しつづけた。

　竜崎は男の懐《ふところ》を探《さぐ》った。

　身分を証明するものは、何も所持していなかった。

「正体を明かさなきゃ、もっと砂を喰わせることになるぜ」

「ローン会社の者だよ。『三友ファイナンス』って会社の社員なんだ」

　男が喘《あえ》ぎながら、苦しげに言った。

「やっぱり、そうか。『三友ファイナンス』の社員なら、顧客に増永利直って男がいることを知ってるな？」

「客は大勢いるから、そこまではわからないよ」

「とぼけるな」

竜崎は声を荒らげ、男の心臓部に肘打ちをくれた。男が四肢《しし》を縮めて、長く唸った。

「東京安全輸送にいた増永は、『三友ファイナンス』からかなり大きな借金をしてるはずだ。その借金が、どうなってるのか知りたいんだよ」

「そいつは……」

「もっと砂を喰いたいらしいな」

「やめろ、やめてくれーっ。増永って男の借金は、もうないんだ」

「増永自身が借金をきれいにしたのか？　そうじゃないな！」

「オーナーから連絡があって、増永の返済分をチャラにしてやれって言われたんだよ」

「そのオーナーってのは、光洋海運の郷原社長のことだな？」

「そうだよ。あんた、なんでも知ってるじゃないか。もう赦《ゆる》してくれよ」

男が泣きだしそうな顔で言った。

――やっぱり、そうだったか。これで、増永と郷原の間に裏取引があったことがはっきりしたわけだ。増永が借金の棒引きを交換条件に犯人グループを手引きしたことは間違いないな。

竜崎は確信を深めた。

「本当に、もう勘弁してくれよ。肋骨《ろっこつ》が折れたらしくて、息もつげないくらいなんだ。おれ、このままじゃ、死んでしまうよ」

「それだけ喋《しゃべ》れりゃ、くたばりゃしないさ」

「他人事《ひとごと》だと思って」

「増永は、どこにいるんだ？　郷原のお抱え運転手でもやってるのか？」

「そこまでは知らないよ。おれたちは、唐木《からき》社長に言われたことをやってるだけだから」

「唐木ってのは、『三友ファイナンス』のダミー社長のことだな」

「そうだよ」

「ダミー社長の唐木に命じられて、逃げた男を追い回してたのか？」

「ああ、野上って奴を力ずくでも連れて来いって言われたんだ。社長が野上の立ち回りそうなとこを教えてくれたんだよ」

「唐木は、どうやって野上の交友関係を洗い出した？」

「そのへんのことは、よくわからないんだ。社長は時々、どっかに電話をして、情報を集めてるようだったよ」

男がそう言い、口に溜《た》まった血を吐き出した。

――おそらく唐木って奴は、衣笠組から情報を入手してたんだろう。

竜崎は胸の奥で呟いた。

「救急車を呼んでくれよ。おれ、だんだん呼吸が苦しくなってきて……」

「甘ったれるな！　野上のマンションに押し入ったのも、おまえら二人なんだろっ」

「おれたち、そんなことしてないよ。嘘じゃない。信じてくれよ」

男が真剣な顔で訴えた。いいかげんなことを言っているようには見えなかった。

「野上に妙なことをしたら、おまえら二人を殺すぜ」

「わ、わかったよ。だから、早く救急車を呼んでくれないか。頼む！」

「死にたくなかったら、這《は》って病院に行くんだな」

竜崎は言い放って、砂場を出た。

もうひとりの男は地べたに寝そべったまま、低く唸っていた。野上が電話をくれるかもしれない。

竜崎は公園の出口に足を向けた。

第二章　連続殺人

1

携帯電話が着信音を発した。

翌日の午後二時過ぎだ。野上からの連絡か。

竜崎は、居間のコーヒーテーブルの上に置いてあるモバイルフォンを掴み上げた。

昨夜、野上は児童公園から逃げたきり、何も連絡してこなかった。自宅には戻っていない。

発信者は野上ではなく、『リスク・リサーチ』の軽部だった。

軽部の声は暗かった。切迫した気配も伝わってきた。何か起こったようだ。

竜崎は気持ちを引き締めた。

姿をくらましていた増永利直の死を伝える電話だった。増永はきのうの深夜、西伊豆の旧・加茂《かも》村（現・西伊豆町）の山中で車ごと崖下に転落し、車内で焼死したらしい。

単なる事故死なのだろうか。それとも、何者かが事故に見せかけて増永を殺したのか。

竜崎は驚きながらも、すぐに頭を回転させた。状況から察すると、どうも後者臭い。軽部も、妙な展開になったことに驚いているようだった。

「増永は自分で車を運転してたんですか？」

竜崎は訊《き》いた。

「わたしが入手した情報によると、そうらしいんだ」

「現場は、どんな所なんです？」

「未舗装の山道で、ガードレールもないそうだ。地元の人間も夜間は、ほとんど車では通らない道らしい」

「車の所有者は？」

「下田市に住む地方公務員の車なんだが、数日前に盗まれたらしいんだ」

「盗難車か。増永は酒を飲んでたんですか？」

「車内には、ウイスキーのポケット壜《びん》が二本転がってたそうだ。しかし、東京安全輸送の元同僚たちの話によると、増永はまったくの下戸《げこ》だったらしいんだよ」

「それじゃ、事故じゃなさそうですね」

「わたしも事故を装った他殺と睨《にら》んでるんだ」

「これまでの状況を考えると、おそらく増永は殺されたんでしょう」

「きっと、そうだろう。ついさっきわかったんだがね、『三友ファイナンス』は増永の銀行口座に五百万円を振り込んでる」

　軽部が言った。

「それは、いつのことです？」

「現金輸送車が襲撃された日のあくる朝だよ。それに事件当日、なぜか増永は借金を一括返済してるね」

「それについては、『三友ファイナンス』の社員が棒引きにしたことを証言してますよ」

「ということは、やはり増永が犯人グループの手引きをしたと……」

「そう考えてもいいと思います。おおかた光洋海運の郷原社長は増永を利用だけして、最初っから彼を消すつもりだったんでしょう」

「かもしれんね。郷原は保険金を詐取《さしゅ》するためには、平気で自分の会社の船員を犠牲にするような男だからな」

「ええ。そういえば、故意に沈められたと思われる老朽船の中で若い司厨士《スチユアード》と機関長《エンジニア》が逃げ遅れて、火に包まれたことがありましたよね？」

　竜崎は確かめた。

「ああ。光洋海運の手口は実に巧妙だった。船尾楼《せんびろう》の吃水線《きつすいせん》すれすれのところに何者かが爆発物を仕掛けたなんて、もっともらしい沈没原因を申し立て、それで押し切ってしまったんだからな」

「そうでしたね」

「事実、船体には爆発物による穴が開いてたから、損保会社は保険金を支払うことになったが、あれは一種のマッチ・ポンプの疑いが濃い。いや、わたしはいまでもそう確信してるんだ」

「おそらく、そうだったんでしょう。光洋海運は麻薬の運び屋をやってたときも、うまく切り抜けましたからね」

「今度の事件も、おおかた郷原が絵図を画《か》いたんだろう」

軽部が言った。

「ええ、多分ね。ただ、ちょっと気になる話があるんですよ」

「気になる話？」

「ええ。ぼくの友人のフリーライターがたまたま四億円強奪事件を取材してたんですが、彼は郷原の背後に別の人間がいるような口ぶりだったんです」

竜崎は、野上のことをつぶさに語った。口を結ぶと、軽部が言った。

「その野上氏とは、すぐに連絡がとれそうもないね。そこまで追い回されてるんだったら、当然、しばらく身を潜《ひそ》める気になるだろうからな」

「そうですね。野上の奥さんや仕事関係の者に当たって、なんとか彼の居所を突きとめますよ。もし野上と接触できなかったら、最近の彼の動きを調べてみます」

「こちらも何か新情報が入ったら、すぐにきみに教えよう」

「お願いします」

竜崎は終了キーを押し、すぐに野上の自宅に電話をかけた。

「あなたなの？」

瑠美の急《せ》いた声が問いかけてきた。

「竜崎です」

「ごめんなさい、てっきり主人だと思ったもんだから」

「野上の奴、しょうがないな。自宅に電話ぐらいかけられるだろうに」

「主人はわたしに居所を教えたら、敵に覚《さと》られると思ってるんじゃないかしら？」

「そうなのかもしれないな。野上が身を隠しそうな場所、思い当たらない？」

竜崎は訊いた。

「執筆に使ってる旅館が神楽坂《かぐらざか》にあるんだけど、そこにいるかどうか……」

「なんという旅館？」

「『菊水館』です」

「電話番号はわかるかな？」

「ええ、アドレスノートに控えてありますから」

瑠美がゆっくりと電話番号を読みあげる。

それをメモし、さらに竜崎は質問した。

「ついでに野上が親しくつき合ってた仕事関係の連中の名前を教えてもらいたいんだ」

「盛文社の『月刊ワールド』編集長の日高護《ひだかまもる》さんとライター仲間の真鍋智久《ともひさ》さんなんかとは、ちょくちょく飲んでたみたいです」

瑠美が言った。

竜崎は、その二人の連絡先を教えてもらった。

「警察に相談したほうがいいのかしら？」

「微妙なとこだが、もう少し様子を見たほうがいいと思うな」

「そうね、そうします」

「お店は休みにしたんだね？」

「ええ。主人のことが心配で、とても商売なんかする気になれないもの」

「そうだろうな。しかし、野上のことだから、きっとうまく切り抜けるにちがいない」

竜崎は友人の妻を励ましてから、静かに電話を切った。すぐに『菊水館』に問い合わせてみたが、野上は泊まっていなかった。

コーヒーを飲みながら、煙草を吹かす。

竜崎は一服し終えると、『月刊ワールド』の日高編集長に電話をかけた。自己紹介し、野上の最近の動きについて尋《たず》ねる。

「野上ちゃんは数カ月前から、臓器移植の取材を重ねてたはずですよ」

「そうですか」

竜崎は拍子抜けしてしまった。臓器移植というテーマはどう考えても、光洋海運とは繋《つな》がりそうもない。

「先日、彼と一緒に飲んだとき、ほぼ取材は終わったと言ってましたよ。来月号と再《さ》来月号に百五十枚ずつ、分載《ぶんさい》で原稿を書いてもらうことになってるんです」

「その取材で、野上は静岡の清水や沼津に行ってますか？」

「静岡には行ってないと思いますよ。野上ちゃんは、都内と大阪の大学病院なんかを回ってたはずです」

「そうですか。野上が何かあなたに相談したことは？」

「そういうことはありません。野上ちゃん、何か犯罪に巻き込まれたんですか？」

「妙な連中に追い回されてるんですよ」

竜崎は詳しい話をした。口を閉じると、日高が言った。

「そういえば、いつか野上ちゃん、うちの会社の資料室で四億円強奪事件に関するデータを集めてましたよ」

「どの程度の資料を集めてたんだろう?」

「資料の内容まではちょっと……」

「そうですか。野上の潜伏していそうな場所、見当がつきませんか?」

「さあ、わかりませんね」

「お忙しいところをありがとうございました」

竜崎は通話を打ち切った。

すぐに今度は、ライター仲間の真鍋の自宅に電話をする。竜崎は理由《わけ》を話して、面会を求めた。電話では、もどかしい気がしたからだ。

真鍋は快諾《かいだく》してくれた。一時間後に、阿佐ヶ谷駅の近くにある喫茶店で会うことになった。

竜崎は髭《ひげ》を剃ってから、早めに部屋を出た。

レクサスで約束の店に向かう。

店は中杉《なかすぎ》通りに面していた。洒落《しゃれ》た造りの喫茶店だった。

だが、店には駐車場がなかった。竜崎は車を脇道に駐《と》め、店まで歩いた。

店内は、さほど広くない。客は疎《まば》らだった。竜崎は中ほどのテーブル席に腰を落とした。

アイリッシュコーヒーを注文する。ウイスキー入りのコーヒーだ。

ちょうど約束の時刻に、三十三、四歳の神経質そうな男が店に入ってきた。太編《ふとあ》みのニットジャケットを着ている。下は、薄茶のコーデュロイスラックスだった。靴はトレッキングシューズだ。

その男が真鍋だった。

名刺交換が済むと、真鍋は竜崎の前に坐った。彼は紅茶をオーダーした。それは、待つほどもなく運ばれてきた。

ウェイトレスが遠のくと、真鍋が呟くように言った。

「野上さんは何をつついたのかな？」

「あなた、野上が臓器移植の取材をしてたことはご存じでした？」

竜崎は確かめた。

「ええ、知ってましたよ。盛文社で、ちょっと長いものを書くって言ってましたからね」

「その取材で、何かトラブルがあったとも思えないんですよ。実は一時間ほど前に、『月刊ワールド』の日高さんに電話で話をうかがったんです」

「そうですか。臓器移植そのものの取材ではトラブったりしないんじゃないかな。トラブルがあったとすれば、別の取材のほうだと思いますね」

真鍋がそう言い、紅茶の中からレモンのスライスを取り出した。

竜崎はラークに火を点けて、低く問い返した。

「別の取材というと？」

「野上さん、盛文社の仕事と並行してバブル成金たちの凋落《ちょうらく》ぶりを取材してたんですよ。ほら、不景気になってから、土地や株でいい思いをした連中が次々に苦境に追い込まれたでしょ？」

「そうだね。連中は好景気に浮かれて、投機に走ったり、事業を拡大したからな。そのツケが回ってきたんで、連中は巨額の負債を抱え込んでるよね」

「ええ。不動産業者、大口投資家、ゴルフ場経営者、画商なんかが軒並み青息吐息《あおいろといき》でしょう」

真鍋が言った。

「この七年間で倒産した企業も、かなりの数にのぼるんじゃないかな」

「万単位だそうですよ。野上さんは、マネーゲームに狂奔《きょうほん》した人間たちの愚かさと彼らの罪を浮き彫りにしたいとか言ってたな」

「いかにも野上らしい発想だな」

「そうですね。野上さんの書くものは、いつも皮肉がこめられてますもんねえ」

「そうだね。その取材先、わかるかな？」

竜崎は短くなった煙草の火を消して、アイリッシュコーヒーを飲んだ。

ウイスキーの味は、ほとんどしなかった。ほんの数滴、垂らしただけなのだろう。

「野上さんは、ちょくちょく清水や沼津に行ってましたよ。なんでも海運会社のオーナー社長が株で大損して、いまも二百億円だかの負債を抱え込んでるって話でしたね」

「その会社は、光洋海運だとは言いませんでした？」

「社名までは教えてくれませんでしたが、その会社は清水区にあるって話でしたよ。沼津には、社長の自宅があるとか言ってましたね」

真鍋が水で喉を潤《うるお》した。

多分、野上は光洋海運の郷原のことを調べていたのだろう。竜崎は、そう直感した。

「野上さんの話によると、そのオーナー社長はだいぶあくどいことをして、財を築いたらしいですよ」

「そう」

「そういうタイプの人間だから、途方もない額の借金に追われて何かとんでもない悪さをするかもしれないとも言ってましたね」

「その他の取材先は？」

「好景気のころに、地上げで大儲けした男や絵画取引で甘い汁を吸った女画商を追っかけてたようですよ。具体的なことは教えてくれませんでしたが」

「そうですか」

「その取材の合間に、野上さんは厚生労働省で妙なことを調べてたな」

真鍋が思い出したような口調で、ふと洩らした。

「妙なこと？」

「ええ。野上さんは、医師免許を剝奪《はくだつ》された奴をリストアップしてたんですよ。多分、『月刊ワールド』の原稿を書くときの資料に使うつもりなんだと思いますけどね」

「臓器移植をテーマにした原稿を書くのに、そんなデータが必要なんだろうか」

竜崎は首を捻《ひね》った。

「言われてみれば、ちょっと変だな。医師免許のない者が臓器移植手術なんかできるわけないですものね」

「野上は、臓器移植手術で医療事故を起こして資格を失った元ドクターのことでも書く気なんだろうか」

「一般の手術の場合は医療ミスもあるようですが、臓器移植の手術となったら、ベテランの医者が執刀するんじゃないですか？」

真鍋が控え目に反論した。

「それもそうだね」

「だいたい資格を失うような医者はでたらめな診療をしてた奴とか、自分で麻薬を常用してた奴なんてのに限られるんじゃないですか？」

「そうだろうね。となると、わけがわからなくなってきたな」

竜崎は苦笑した。

「ほんとですね」

「野上が何かに怯《おび》えてるような様子はなかった？」

「それは特に感じませんでしたけど、取材の妨害をされたことはあったみたいですよ」

「野上は、どんな取材をしてたんですか？」

「かつて地上げの帝王と呼ばれてた山谷義信《やまやよしのぶ》のことはご存じでしょ？」

真鍋がそう言い、探《さぐ》るような眼差《まなざ》しを向けてきた。

竜崎は無言でうなずいた。

山谷は地価が高騰《こうとう》していた時代に大手不動産会社のダミーとして都心のビル用地を次々に地上げし、わずかな間に巨額の収益を得た。それを株や不動産に注《つ》ぎ込み、さらに資産を膨《ふく》らませた。

そしてゴルフ場やリゾートホテルの開発に乗り出し、さらに海外の不動産を買い漁《あさ》った。そうこうしているうちに、いっぱしの実業家にのし上がっていた。

絶頂期には金張りの特別仕様のロールスロイスを乗り回す姿が、週刊誌に派手に取り上げられたものだ。

しかし、経済が低迷してからは、とんとマスコミにも登場していない。三十数社の傘下企業で構成されている山谷グループは、いまやどこも累積赤字《るいせき》に苦しめられているはずだ。

「野上さんは、その山谷が密《ひそ》かにフィリピンや南米の共産ゲリラと接触しているという情報をどこかで入手して、取材してたんですよ」

　真鍋が声をひそめて言った。

「ちょっと待ってくれないか。確か山谷は、右翼系の総会屋上がりだったと思うがな」

「ええ、そうです。もっとも右翼といっても、ただの利権右翼だったらしいんですけどね」

「そんな前歴を持つ山谷が、なんのために外国の共産ゲリラと接触したんだろう？」

「野上さんが洩らした話によると、このところ海外で頻繁《ひんぱん》に起こってる大手商社駐在員の誘拐事件に山谷が絡《から》んでる疑いがあるらしいんですよ」

「まさか」

「いや、考えられなくはないでしょ？　日本の海外進出で、いまや日本人ビジネスマンや技術者は誘拐ビジネスの対象になってますからね。現に、危機管理会社が繁昌してます」

「そのことは知ってるが、山谷が左翼ゲリラを唆《そそのか》してたなんて話は荒唐無稽《こうとうむけい》すぎやしないかな」

「ペルーの『輝く道《センデロ・ルミノソ》』はかなり弱体化したようですが、もちろん山谷の話には乗らないでしょうね。しかし、コロンビアとかフィリピンの反政府ゲリラは分裂を重ねて、末端組織や小集団は経済的にだいぶ苦しい立場にあるようですよ」

「そうらしいが……」

竜崎は異論を唱《とな》えたかったが、あえて何も言わなかった。

「そういう武装集団なら、案外、山谷の企《たくら》みにすんなり乗るんじゃないでしょうか？」

「それは考えられるかもしれないな」

「野上さんは、山谷が半《なか》ば犯罪集団化した反政府ゲリラたちを焚《た》きつけて、現地の邦人たちを誘拐させてたという証拠を握ってたんじゃないかな。これは、あくまでもぼくの想像ですけどね」

「その話が事実だとしたら、山谷は犯人グループが大手商社なんかからせしめた多額の身代金の大部分をいただいてたってわけか」

「おそらく、そうでしょうね。山谷の身辺を嗅ぎ回りはじめてから、野上さんは得体の知れない連中に尾《つ》け回されたり、脅迫電話を受けるようになったらしいんですよ」

「野上が、その程度のことで尻尾《しっぽ》を巻くとは思えないがな」

「ぼくも、そう思います。野上さんは黒い影を躱《かわ》しながら、ずっと山谷をマークしてたんでしょうね」

真鍋が声に力を込めて言った。

山谷と郷原には接点があるのだろうか。そのあたりのことを探《さぐ》ってみる必要がありそうだ。

「ぼくにできることがあったら、何でも言ってください」

「ありがとう。野上のいそうな所は、わかるかな?」

「ここに来るまで、そのことを考えてみたんですけど、残念ながら……」

「そうでしょうね」

竜崎は短く応じ、冷《さ》めたアイリッシュコーヒーを飲み干した。

ほどなく二人は店を出た。

竜崎は店の前で真鍋と別れ、車を銀座に向けた。『リスク・リサーチ』を訪ね、郷原と山谷に関する情報を集めるつもりだった。

2

「竜崎君、また現金輸送車が襲われたよ」

軽部が苦々しげに言った。『リスク・リサーチ』の所長室である。

「いつのことです?」

「ほんの二時間ほど前だよ。今度は銀行じゃなく、中央競馬会の売上金が狙われたんだ」

「被害額は？」

「幸いにも、犯行は未遂に終わったんだ」

「そりゃ、よかった」

竜崎は、ほっとした。

「三人組の犯人は現在、逃走中らしい。犯行の手口が京和銀行の事件と酷似《こくじ》してるんだよ」

「というと、内部の人間が犯人グループを手引きしたと……？」

「まだ初動《しょどう》捜査の段階だから、そこまで言い切れないんだが、その疑いはきわめて濃厚だね」

「その根拠は？」

「中央競馬会の関係者の中に、『三友ファイナンス』から七百万ほど借金してる者がいたんだ」

「それじゃ、今度も光洋海運の郷原が絡んでる可能性があるわけだな」

「そういうことになるね」

軽部が言って、額に垂れた豊かな銀髪を搔《か》き上げた。知的な風貌で、気品もある。

竜崎たち二人は、応接ソファに向き合っていた。

所長室の仕切りは、透明な強化ガラスだった。スタッフルームが透《す》けて見える。

十六人の男女が忙《せわ》しげに立ち働いていた。平均年齢は三十一歳と若い。

二基の大型コンピューターが作動している。

それには、国内外のあらゆる情報がインプットされていた。企業や団体だけではなく、個人の情報も揃《そろ》っている。

竜崎は、郷原勇と山谷義信に関する情報の検索を頼んであった。

「そうそう、増永はやはり他殺だったよ。ついさっき社外ブレーンの情報提供者から連絡があって、静岡県警の捜査一課が所轄署に捜査本部を設けたことを教えてくれたんだ」

「他殺の決め手になったのは、なんだったんです？」

「焼け死んだ増永の胃から、睡眠薬が検出されたらしいんだ。それに焼け残った着衣にウイスキーが染《し》み込んでたことから、無理に犯人が増永に酒を飲ませたと判断したようだね」

「なるほど」

「増永殺しの犯人がはっきりすれば、京和銀行の事件は解決するんだがね」

「必ず犯人を突きとめますよ」

竜崎は力強く言った。まだ犯人にたどり着くだけの自信があるわけではなかった。しかし、プロ調査員の意地もある。何がなんでも事件を解明したい気持ちだった。

「わたしは、きみに期待してるんだ」

軽部が海泡石《かいほうせき》のパイプをいじりながら、縋《すが》るような目で言った。

「できるだけ早く片をつけます」

「よろしく頼む。金融機関は、どこもびくついてるらしいんだ。むろん、損保会社も一様《いちよう》に神経過敏になってる」

「よくわかりますよ。また、どこかで輸送中の現金が強奪される恐れがありますからね」

「そうなんだ。泣き言は口にしたくないが、日に何度も加盟損保会社から、お叱りの電話がかかってくるんだよ」

「もう少し時間をください」

竜崎はそう言い、コーヒーテーブルの上から資料の束を掴み上げた。

それは若いスタッフが予備資料として集めておいてくれたものだ。すでに所長の軽部は、そのデータに目を通したらしかった。

竜崎はラークに火を点け、資料を読みはじめた。最初に光洋海運の法人資産を調べる。

現在、持ち船はたったの二隻しかない。

それも、どちらも二百トン未満の不定期貨物船だ。月のうちの半分は遊んでいる状態だった。航行時も、だいたい積み荷は五割に満たない。燃料費や人件費などの経費を賄《まかな》うのが精一杯で、収益はないに等しいようだ。

そんなことから、光洋海運は自社船の売却に踏み切ったらしい。およそ一年前から、中古船のブローカーを通じて、フィリピン、インドネシア、ギリシャなどの海運会社に打診を試みている。

だが、海運業界は世界的な不況だ。未《いま》だ船の買い手はついていない。

それだけではなかった。人員整理した社員たちの退職金も未払いのままだった。清水区にある本社ビルはもちろん、沼津の郷原の自宅も根抵当権《ねていとうけん》が設定されている。

「もう少し後に細かい数字が出てくると思うが、郷原は好景気のときに会社にディーリング部を新設して、派手に株の売り買いをしてたんだ」

軽部が言った。

竜崎は煙草の火を消して、資料の束を捲《めく》った。

光洋海運が株に運用した資金は、二百億円を超えていた。その多くが銀行やノンバンクからの借入金だった。投入した資金は、およそ七年前までに九割近く失っている。

「これじゃ、実質的には文なしだな」

「そうだね。わずか二十数人の社員の給料も三年前からは、ずっと遅配気味なんだ」

「そうですね。『三友ファイナンス』の焦《こ》げ付きも四十億近くあって、取引先のノンバンクに金利も払えない状態だな」

「借金だらけの郷原が死んだ増永の借金を帳消しにしてやって、その上、五百万円も与えてる。竜崎君、やっぱり京和銀行の事件を裏で操《あやつ》ってたのは郷原だよ。共犯者がいるかどうかは別にして、郷原が一枚嚙んでることは間違いない」

「それは、その通りだと思います。一気に郷原を締め上げて吐かせたいところですが、敵も警戒してるでしょうから、ここは慎重に動かないとな」

「きみの友人の野上氏が郷原の弱みを握ってるようだから、彼とコンタクトできれば、郷原を直《じか》に揺さぶることもできるんだがね」

　軽部が歯嚙《はが》みした。

　その直後だった。二十代後半の男性所員が所長室に入ってきた。分厚い資料の束を手にしていた。

「どうもご苦労さん！」

　竜崎は相手をねぎらって、データの束を受け取った。ずしりと重かった。

　若いスタッフが所長室から出ていった。

　竜崎は読みさしの予備資料の束を卓上に戻し、届けられたばかりの資料を繰《く》りはじめた。

郷原に関する情報は、卓上に戻したデータとだいぶ重複《ちょうふく》していた。

それでも、いくつかの新情報を得ることができた。郷原は、沼津にある自宅と四谷の賃貸マンションをほぼ一週間ごとに行き来している。

東京滞在中に必ず顔を出すクラブや料亭もわかった。若い愛人を囲っていることも判明した。

今度は、山谷義信に関するデータを丹念に読む。

かつては王侯貴族のような暮らしをしていた男も、すっかり落魄《らくはく》していた。山谷グループの系列会社は、ことごとく赤字経営に苦しんでいる。

ゴルフ場やリゾート・ビレッジの造成は半ばで工事が中止されている。造成を請け負った土木会社への支払いを滞《とどこお》らせたままだからだ。

株による損失額は六百五十億円近かった。

仕手戦を仕掛けて失敗したことが、山谷グループの屋台骨を揺るがす結果になったようだ。追い討ちをかけるように、リーマン・ショックで景気が悪化した。

分譲マンションや別荘地の売れ行きが極端に悪くなり、夥《おびただ》しい数の在庫物件を抱え込むことになった。金融機関への借入金返済が滞り、担保の不動産を次々に失っている。

「郷原も山谷も欲をかきすぎたから、こういうことになったんですよ」

竜崎は冷ややかな気分で呟いた。もともと金銭欲の強い人間は好きではなかった。その卑《いや》しさに蔑《さげす》みと哀れみを感じていた。恥の意識と誇りをなくした人間には、ひと欠片《かけら》の共感も覚えない。

人生は心意気だ。それが、竜崎の基本的な考え方だった。

「二人はビジネスの上で、接点があるのかね？」

軽部が問いかけてきた。

「データを見る限りでは、二人に接点はありませんね。しかし、どちらも好景気のときに株に熱中してます」

「そのころに接触があったとも考えられるな」

「そうですね」

「年齢も似かよってる」

「ええ。郷原が五十一で、山谷は五十三ですからね。出身地や学校は違いますが、二人の体質も似てます」

「そうだね。銀座の高級クラブかゴルフコンペで知り合って、意気投合した可能性もあるな」

軽部がパイプに葉を詰めはじめた。

飴色《あめいろ》に輝くパイプは、デンマーク製だった。葉はカプスタンだ。火保《ひも》ちがいいことで知られている。

竜崎は資料に目を通しつづけた。

この一年間に、山谷はフィリピン、ペルー、コロンビアに二度ずつ出かけている。いずれも滞在日数は五日前後だ。同行者は男性秘書ひとりだけだった。

竜崎は、少し前に真鍋から聞いた話をふと思い出した。

その三つの国で、それぞれ日本人ビジネスマンや技術指導員たちが現地の武装集団に拉致《らち》されている。どれも営利を目的とした誘拐事件だった。

人質は全員、一カ月以内に無事に生還している。当然、犯人側には多額の身代金が渡ったはずだ。

竜崎は三つの事件に共通点があることに気づいた。

それは、山谷がそれぞれの国を訪問した直後に事件が発生していることだ。単なる偶然と片づけるには、少しばかり気になる符合だった。

何かからくりがあるのではないのか。

野上が真鍋に洩らしたという話が、急に現実味を帯びてきた。少なくとも、無責任なほら話ではなさそうだ。

「去年の秋に、丸菱商事のマニラ支店長が現地の武装グループに誘拐されましたよね？」

竜崎は顔を上げ、軽部に話しかけた。

「ああ。それがどうかしたのかね？」

「丸菱商事は、犯人側にいくら身代金を払ったんでしたっけ？」

「新聞やテレビなどのマスコミ発表では、日本円にして一億八千万ってことになってるが、実際の身代金は三億五千万円だよ。丸菱商事は予《あらかじ》めイギリスのロイズ保険協会と一億五千万円の誘拐保険を結んでたから、自社負担額は二億円ってことになるね」

「人間をひとり引っさらうだけで三億五千万円の大金が懐に転がり込むんなら、悪くないビジネスだな」

「竜崎君、なんなんだね？　急にそんな話を持ち出したりして」

「山谷がフィリピンや南米に二度ずつ渡ってることが妙に引っかかるんですよ。三つの誘拐事件は、まるで申し合わせたように山谷が現地入りした数日後に起こってます」

「ほんとかね⁉　そんな大事なことを見落としていたなんて……」

軽部が自分を責《せ》め、身を乗り出した。真剣な表情だった。

竜崎は、喋ったことを裏づける資料を示した。すると、軽部が考える顔になった。

パイプ煙草を深く喫《す》いつけ、口の端から煙を細く吐き出した。

「なんの確証もないんですが、山谷が現地のテロ組織を使って、邦人商社マンや技術指導員を誘拐させてたとは考えられませんかね？」

「突飛《とっぴ》な話ではあるが、まるっきり現実性がないわけじゃないな。武器を持った現地人が丸腰の日本人を拉致することは造作もないことだし、確かにビジネスにもなる」

「ええ。日本の企業はたいてい家族意識が強いから、人質に取られた社員を見殺しにはしませんからね」

「ましてや会社にとって優秀な社員なら、犯人の要求を全面的に呑《の》むだろう。たとえ身代金が五億や六億であっても、最終的には支払うんじゃないかな」

「確か去年の初冬にペルーで日本の都市銀行のリマ支店長が銃撃され、弱電メーカーの支店長が誘拐されましたよね？」

「銃撃事件のほうは、共産ゲリラの『輝く道《センデロ・ルミノソ》』がリマの新聞社に犯行声明を寄せたんだったな。しかし、誘拐事件のほうは未《いま》だに犯人はわかってないはずだよ」

「山谷は、その事件が発生する前々日にリマ入りしてます。山谷が反政府ゲリラ崩れを金で雇って、弱電メーカーの支店長を拉致させたんじゃないだろうか」

　竜崎は言った。

「それだけの状況証拠で山谷と邦人誘拐を結びつけることはいささか危険だが、きみの推測は的を射《い》てるかもしれないな」

「だいたい渡航目的が商用ってのが不自然ですよ。発展途上国の不動産を買い漁《あさ》ったとしても、さほど旨味《うまみ》があるわけじゃありません。第一に、もはや投資に回す資金なんかないはずです」

「確かに、きみの言う通りだ。ひょっとしたら、山谷は邦人誘拐を謀《はか》ったのかもしれないな。政治思想とは無関係のテロリスト集団は金になることなら、なんでもやるからね」

「ええ。事実、コロンビアのボゴタで先々月、政府高官とゲリラの幹部を射殺した殺し屋が逮捕されましたでしょ？」

「そんなことがあったね」

「山谷も郷原と同じように追いつめられて、荒っぽい事件《ヤマ》を踏む気になったんじゃないんですかね？」

「そうかもしれない。しかし、山谷が現金輸送車強奪事件に絡んでる気配はないんだから、とりあえず郷原のほうを揺さぶってみてくれないか」

「わかりました」

竜崎はデータの束を抱えて、勢いよく立ち上がった。

『リスク・リサーチ』のオフィスは、九階にあった。エレベーターで地下駐車場まで降り、レクサスに乗り込む。四時半を少し回っていた。

竜崎は『三友ファイナンス』のダミー社長を痛めつけ、口を割らせる気になっていた。それに成功したら、郷原に会いに行くつもりだった。

エンジンを始動させた。

赤坂に向かう。『三友ファイナンス』は、一ツ木通りの雑居ビルの三階にあった。

二十分そこそこで、目的のビルの前に着いた。竜崎は、唐木の顔を知らなかった。まずダミー社長の顔を見ておかなければならない。

竜崎は、助手席の床に置いてある革のボストンバッグを摑み上げた。

バッグの中には、調査に必要な道具が入っている。カメラ、双眼鏡、ＩＣレコーダーなどのほかに、変装用眼鏡《めがね》、ヘアウィッグ、付け髭《ひげ》なども詰めてあった。

竜崎は変装に必要な小道具を手早く選び出し、それらをレザーブルゾンの懐に忍び込ませた。

さりげなく車を降り、雑居ビルに入る。

エレベーターホールの奥に化粧室があった。竜崎は男子トイレに足を踏み入れた。都合のいいことに、人の姿はなかった。

竜崎は洗面台の鏡に向かって、かなり長めのウィッグを被《かぶ》った。薄茶のサングラスをかけ、口髭を貼りつける。売れない作曲家という感じだ。

竜崎は自嘲して、手洗いを出た。

階段を昇りながら、口にスポンジを含む。昨夜、公園で痛めつけた二人組がオフィスにいたら、声で気取《けど》られる虞《おそれ》があったからだ。

竜崎は三階まで上がった。

客を装って、『三友ファイナンス』に入る。

すぐ目の前にカウンターがあった。女子社員が四、五人いた。そのうちの二人は、接客中だった。

男子社員の姿は見当たらない。

がらんとした事務所の奥に別室がある。どうやら、そこが社長室らしかった。

「いらっしゃいませ」
二十五、六歳の女が声をかけてきた。
賢そうには見えないが、抱き心地はよさそうだった。バストが大きく、腰も張っている。西尾《にしお》という名札を付けていた。

竜崎はカウンターの前に腰かけ、乳房の大きな女に言った。

「百万ほど借りたいんだ」

「身分を証明するものをお持ちですね？」

「先月、勤めてた会社を辞めちゃったんだよ」

「運転免許証とか保険証でも結構なんですけれど」

「あいにく、どっちも持ってないんだ。でも、おれのことは唐木社長がよく知ってるよ」

「あら、社長のお知り合いなんですか」

「高校時代の後輩なんだ。唐木社長に直《じか》に頼んでみるから、ちょっと呼んできてくれないか」

「わかりました。少々、お待ちください」

女が腰を上げた。

竜崎は女が奥の社長室に入ったのを見届けると、すぐに『三友ファイナンス』を出た。物陰に隠れ、店内を覗き込む。

少しすると、社長室から四十七、八歳の貧相な印象の男が出てきた。馬面《うまづら》で、目が糸のように細い。極端な猫背だ。若いころから他人に頭を下げながら、卑屈に生きてきたのかもしれない。

ダミー社長の唐木だろう。

竜崎は男の顔を脳裏に灼《や》きつけ、階段を駆け降りた。

レクサスに戻り、そのまま車の中で張り込む。退社後の唐木を尾行し、どこかで痛めつけるつもりだった。

竜崎は紫煙をくゆらせながら、時間を稼いだ。

『三友ファイナンス』の女子社員たちがひと塊《かたまり》になって姿を見せたのは、六時を数分回ったころだった。さきほど短い会話を交わした西尾という女も混じっていた。

オフィスには、もうダミー社長の唐木しかいないはずだ。

竜崎は一瞬、事務所に押し入る気になった。

しかし、すぐに思い留まった。唐木を締め上げている最中に、男子社員が出先から戻ってくる可能性もあった。一一〇番などされたら、面倒なことになる。

唐木が現われたのは、小一《こ》時間後だった。

ひとりだった。唐木は雑居ビルの近くでタクシーを拾った。

竜崎は、その車を慎重に尾行した。タクシーが停まったのは、JR目黒駅のそばにあるミニマンションの前だった。三階建てで、エレベーターはない。

道路から、各戸の玄関が丸見えだった。

唐木は二階に上がり、右端の部屋のインターフォンを鳴らした。

すぐにドアが開けられ、見覚えのある若い女が顔を覗かせた。西尾という名札をつけていた女だ。唐木が室内に消えた。

――あれだけ年齢差があるんだから、夫婦ってことはないな。多分、西尾って娘《こ》は唐木の愛人なんだろう。

竜崎は車を路肩《ろかた》いっぱいに寄せ、ハザードランプを灯《とも》した。

わざと数十分、時間を遣《や》り過ごした。

二人が不倫の関係なら、そろそろベッドで抱き合っているころだろう。

竜崎はボストンバッグの中から、ストロボ内蔵のカメラを取り出した。フィルムは装塡《そうてん》済みだ。

竜崎はICレコーダーも抓《つま》み出し、それとカメラをブルゾンの両ポケットに突っ込んだ。車を降り、唐木のいる部屋に急ぐ。

竜崎は現金書留を届けにきた郵便局員になりすまして、部屋のドアを開けさせた。

玄関先に現われた女は、素肌にガウンをまとっているらしかった。

襟許《えりもと》を搔き合わせながら、伏し目がちに認め印を差し出した。やはり、情事を愉《たの》しんでいたようだ。

竜崎はドアを素早く手前に引き、三和土《たたき》に躍《おど》り込んだ。すぐさまドアを閉《と》ざす。

「あっ、あなたは！」

女が叫んで、後ずさった。

「大声を出すと、きみと唐木との関係を会社の連中にバラすぜ。ついでに、きみの親兄弟に教えてやってもいいな」

「やめてよ、そんなこと！」

「おとなしくしてれば、きみに危害は加えない。唐木に訊きたいことがあるだけなんだ」

「わかったわ」

「唐木のとこに行こう」

竜崎は玄関ホールに上がり、西尾という女の肩を押した。

部屋の主は、諦《あきら》め顔で案内に立った。ダイニングキッチンの右隣に、十畳ほどの寝室があった。ダブルベッドに唐木が横たわっていた。裸だった。

竜崎はポケットからカメラを摑み出すなり、シャッターを切った。ストロボが閃《ひらめ》き、仄暗《ほのぐら》い寝室が瞬間的に明るんだ。

「きさま、何者なんだ？」

唐木が取り乱し、跳ね起きた。胸の筋肉は薄く、腹だけが迫《せ》り出している。

皮膚は病人のように生白い。分身は、ほとんど力を失いかけていた。

「とりあえず、記念写真を撮《と》ってやるよ」

竜崎は鋭い目を眇《すが》め、たてつづけに二度シャッターを押した。

唐木が腕で、自分の顔を隠そうとした。

だが、一瞬遅かった。ダミー社長は細い目を攣《つ》り上げかけたが、すぐに絶望的な顔つきになった。

「ガウンを脱いで、唐木のそばに行け！」

竜崎は女に命じた。

女が後ずさりながら、童女のように無言で首を振った。

怯《おび》えの色が濃い。顔面蒼白だった。女を怯えさせるのは気が重いが、仕方がない。

竜崎は黒々とした太い眉を寄せ、鷹《たか》のような目に凄みを宿らせた。

とたんに、女が従順になった。ガウンを脱ぎ、むっちりとした裸身を晒《さら》した。

乳房がたわわに実り、ウエストのくびれが深い。飾り毛は短冊《たんざく》の形に繁っている。

まるで焼き海苔《のり》を貼りつけたような感じだ。

竜崎は、危うく吹き出すところだった。

女がベッドに浅く腰かけた。唐木のすぐ近くだった。

二人に長く舌を伸ばさせ、その先端を触れさせた。

竜崎はその光景をカメラに収《おさ》め、次に唐木と女にシックスナインの姿勢をとらせた。

どちらも恨みがましい視線を向けてきたが、口は開かなかった。女がいくら舌技を施《ほどこ》しても、唐木の欲望は昂《たか》まらなかった。女のほうは、少しだけ呼吸を乱した。

竜崎は淫らな写真を五カットほど撮ると、女をクローゼットの中に押し込んだ。裸のままだった。

唐木が毛布で、みすぼらしい体を覆《おお》った。

竜崎はブルゾンの左ポケットに手を滑り込ませ、ＩＣレコーダーの録音スイッチを入れた。

「おれの質問に正直に答えないと、あんたは女房に逃げられることになるぜ」

「き、きさまは保険調査員の竜崎だなっ」

「やっぱり、おれのことを知ってたか」

竜崎は、にっと笑った。

すると、唐木がはっとした表情になった。不用意な台詞《せりふ》を口走ったことを悔やんでいるにちがいない。

「増永を抱き込んで京和銀行丸の内支店の四億円を強奪させたのは、光洋海運の郷原社長だな」

「な、なんの話をしてるんだ？　わたしには、さっぱりわからんね。増永って、いったい誰なんだ？」

「時間稼ぎはさせないぜ！」

竜崎は垂直に跳躍し、唐木の貧弱な胸板に横蹴りを見舞った。肋骨が鈍い音をたてた。

唐木は壁まで吹っ飛び、その反動でベッドの下に転げ落ちた。

竜崎はカメラをブルゾンの右ポケットに入れ、低く吼《ほ》えた。

「おれを怒らせる気かっ」

「乱暴はやめてくれ。わ、わたしは、郷原さんに言われたことをやっただけなんだ」

「何を命じられたんだ？」

「それは……」

唐木が口ごもった。それきり喋ろうとしない。

竜崎は無言で唐木の腹を蹴りつけた。唐木が動物じみた唸り声を発し、手脚《てあし》を縮めた。

「早く喋らないと、入院生活が長くなるぜ」

「わ、わかった。喋るよ。私は増永の借金をチャラにしてやって、奴の銀行口座に五百万円を振り込んだんだ」

「四億円を強奪した三人組は、衣笠組が集めた犯罪のプロたちなのか?」

「そういうことは、わたしにはわからないよ。わたしは郷原さんに命じられるままに、うちの社員や衣笠組の若い者《もん》を使って野上というフリーライターを押さえようとしただけなんだ」

「中央競馬会の売上金を強奪しようと企んだのも、郷原なんだな!」

「そ、そんな話は、まったく知らないよ。それは、いつの話なんだね?」

「とぼける気か。いいだろう」

竜崎は言うなり、唐木の腹に蹴りを入れた。

唐木が化猫《けびょう》のような声を放ち、カーペットの上を転げ回った。

筋肉のたるんだ手脚《てあし》は、亀のように縮まっていた。萎《な》えた性器は繁みに隠れて、ほとんど見えなかった。

唐木の唸り声が熄《や》むと、竜崎は同じ質問をした。唐木は喘ぎながら、さっきと変わらない答え方をした。どうやら空とぼけたわけではないらしい。

増永を殺した人間についても、唐木は知らないようだ。

「郷原と衣笠組の関係は深いのか？」

「そのあたりのことは、よくわからないんだ。嘘じゃないよ。信じてくれ！」

「体に訊いてみよう」

竜崎は、唐木の腹と腰を交互に蹴った。容赦《む》なく蹴りまくった。

十数発の蹴りを浴びせると、唐木は白目を剝《む》いて悶絶した。口から、かなりの血の泡を噴《ふ》いた。内臓が破れたようだ。

「唐木に水をぶっかけてやれよ」

竜崎はＩＣレコーダーの停止ボタンを押し、クローゼットの中にいる女に声をかけた。

女がクローゼットから現われ、凄まじい悲鳴をあげた。竜崎は玄関に向かった。

3

画面が変わった。

どこかの河川敷が映し出された。枯れた葦《あし》が風に揺れている。

竜崎は自宅の居間で、テレビニュースを観《み》ていた。

唐木を締め上げた翌日の正午過ぎだ。

「今朝《けさ》五時半ごろ、東京・調布市の多摩川べりの草むらの中で中年男性の撲殺体が発見されました」

男性アナウンサーが言葉を切ったとき、ふたたび画像が変わった。

見覚えのある雑居ビルが映っていた。『三友ファイナンス』のあるビルだった。

竜崎は画面を見つめた。

「殺されたのは調布市国領町の会社社長、唐木純弥《じゅんや》さん、四十七歳です。唐木さんは赤坂で金融会社『三友ファイナンス』を経営していました。昨夜、唐木さんは帰宅途中に何者かに襲われ、鈍器で撲《なぐ》り殺された模様です。詳しいことは、まだわかっていません。次のニュースです」

またもや画面が変わった。

竜崎は遠隔操作器《リモート・コントローラー》を使って、テレビのスイッチを切った。

唐木が口を封じられたことは間違いない。おそらく彼は、昨夜の出来事を郷原に報告したのだろう。そのため、消されてしまったと思われる。

竜崎は、郷原に録音音声を聴かせる気になった。

会社と自宅に電話をかけたが、どちらにもいなかった。お手伝いの女性の話によると、郷原は数日前に上京したまま、沼津の自宅にはなんの連絡もないという。

竜崎は、郷原が借りている四谷のマンションに電話をしてみた。

しかし、受話器は外れなかった。どうやら郷原は、愛人の馬場佳穂《ばばかほ》のマンションに泊まっているらしい。『リスク・リサーチ』から渡された資料を大急ぎで読み返す。

二十四歳の佳穂は、銀座八丁目にある高級クラブのホステスだった。マンションは広尾にある。

佳穂の部屋に押し入ろう。

竜崎は黒のタートルネック・セーターの上に、英国製のマウンテンパーカを羽織った。すぐに部屋を出て、車で広尾に向かう。

駒沢通りは割に空《す》いていた。意外に早く目的のマンションに着いた。

『広尾ロイヤルガーデン』は、旧チェコスロヴァキア大使館の近くにあった。豪壮な造りの賃貸マンションだった。

竜崎は車をマンションの前の路上に駐め、表玄関を潜《くぐ》った。

ロビーの広さは、ちょっとしたホテル並みだった。

管理人の姿はなかったが、オートロック・システムになっている。入居者の許可がなければ、エレベーターホールに進めない。

竜崎は、昨夜と同じ手を使うことにした。

佳穂は部屋にいた。少しも怪しまれなかった。

十二階でエレベーターを降り、一二〇八号室に向かう。各戸には、おのおの門扉《もんぴ》があった。ヨーロッパ調の鉄扉《てっぴ》だった。

佳穂の部屋のインターフォンを鳴らし、竜崎はドア・スコープの死角に隠れた。

だが、室内からの応答はなかった。いきなりドアが開き、妖艶な美女が現れた。

派手な造りの顔が目を惹《ひ》く。肢体も肉感的だ。突き出た胸は、砲弾のように先が尖《とが》っていた。

「あれっ、現金書留だって言わなかった？」

「馬場佳穂さんかな？」

「そうよ。あなた、なぜ制服を着てないの？」

「偽《にせ》の郵便局員だからさ」

竜崎は佳穂を押し戻し、素早く玄関に入り込んだ。と同時に、佳穂の右腕を捩《ねじ》上げた。

「な、何するのよ。誰なの？」

「大声を出すと、腕の関節が外れるぞ」

「わかったわ。騒がないから、用件を言ってちょうだい」

「郷原に会いに来たのさ」

「パパはいないわ。嘘だと思うんなら、自分で部屋の中を捜してみたら？」

「そうしよう」

竜崎は踵《かかと》を擦《す》り合わせてローファーを脱ぎ、佳穂の背を押した。

佳穂は逆《さか》らわなかった。自然な足取りで歩きだした。

白いシルクブラウスの上に、黒いスエードのベストを重ねている。下はペイズリー模様の長いフレアスカートだった。女っぽさを強調する身形《みなり》だ。

長い廊下の奥に、居間とダイニングキッチンがあった。居間は三十畳ほどのスペースだった。豪華な寝具や調度品が揃っていた。

ソファセットは外国製らしかった。

リビングボードや置物も安くはなさそうだった。居間の右手に寝室、左手に床の間付きの和室があった。八畳間だ。

どこにも人の姿はなかった。

竜崎は佳穂を居間の長椅子に腰かけさせた。彼自身は立ったままだった。

「やっぱり、いなかったでしょ！」

佳穂が右腕を撫でさすりながら、抗議するように言った。

「郷原は、どこに泊まってる？　奴が東京に来てることはわかってるんだ」

「そうなの？　わたし、知らなかったわ。パパがここに来たのは、もうひと月ほど前よ。それからは一度も来てないわ」

「ほんとだな！」

「ええ。あなた、パパに何か恨みがあるのね。そうなんでしょ？」

「余計な口はきくな！」

竜崎は、ただでさえ他人を威圧させる目を尖らせた。

佳穂が竦み上がって、長い睫毛《まつげ》を伏せた。

「郷原は四谷のマンションにもいなかった。しかし、都内のどこかにいるはずだ。その場所に心当たりは？」

竜崎は訊いた。

「ないわ。パパがいないんだから、もう帰って。お金が欲しいんだったら、少しぐらいあげてもいいわ」

「勘違いするな。おれは、そのへんのチンピラじゃない」

「あなたのことは、パパには何も言わないわよ。だから、おとなしく帰って。お願い！」

佳穂が両手を合わせた。マニキュアは真紅だった。

「おれは、初対面の女の言葉は信じないことにしてるんだ。昔、苦い思いをしたことがあるんでな」

「それじゃ、どうすればいいのよ」

「そう興奮するな。保険を掛けたら、引き揚《あ》げてやる」

「保険って、なんなの⁉」

「すぐにわかるさ。ビデオカメラはあるか？」

「あるけど、なんに使うの？」

「あんたを女優にしてやるよ」

竜崎はにやついて、佳穂を長椅子から立ち上がらせた。佳穂の片腕を捉《とら》えたまま、ゆっくり歩かせる。

ビデオカメラは、大型テレビのキャビネットの中にあった。テープはセットされていた。

竜崎はビデオカメラを手にして、佳穂を和室に連れ込んだ。ベランダ側の障子戸が閉まっていたが、室内は割に明るい。佳穂が不安顔になった。

「着てる物を全部脱いで、畳の上に仰向けになれ」

「わたしの裸を撮《と》る気なのね！　冗談じゃないわ。わたしのお客さんの中には、その筋《すじ》の大物もいるのよ」

「それがどうした？」

　竜崎は薄く笑って、佳穂の足を払った。

　佳穂が呆気《あつけ》なく倒れる。長いスカートの裾が乱れ、ほどよく肉のついた太腿が露《あらわ》になった。竜崎は穏やかに言った。

「女に荒っぽいことはしたくないんだ。協力してくれないか」

「わたしをレイプする気なんでしょ！」

「見境なく女とやりまくりたい季節は、とっくに過ぎたよ。おかしなことはしない」

「信じられないわ」

「顔に痣《あざ》ができてもいいのか？」

「いやよ！　お願い、殴ったりしないで」

　佳穂が女坐りになって、衣服を脱ぎはじめた。

　竜崎はビデオカメラを構えた。佳穂が生まれたままの姿になって、仰向けになった。男を奮《ふる》い立たせるような体つきだ。肌も白かった。

　竜崎は佳穂の足許に回り込んだ。佳穂の両脚を開かせ、膝を立たせる。はざまが剝《む》き出しになった。

珊瑚色《さんごいろ》の亀裂は綻《ほころ》びかけていた。その奥の襞《ひだ》は鴇色《ときいろ》に輝き、ひっそりと息づいている。細い恥毛は霞草《かすみそう》のように煙っていた。

竜崎は片膝を落とし、ビデオカメラを回しはじめた。

フレームには、佳穂の顔と裸身が入っている。撮影しているうちに、佳穂の体に変化が生まれた。合わせ目が膨れ上がり、陰核《クリトリス》が硬く痼《しこ》った。どうやら視姦されているような気分になり、官能を刺激されたらしい。

「いやだわ、おかしな気分になってきちゃった」

佳穂が照れ笑いをした。

「指を使ってもいいんだぜ」

「そんな恥ずかしいことできないわ」

「別に恥ずかしがることじゃないさ。パトロンに一カ月近くも放っておかれたんじゃ、切ない気分にもなるよな」

竜崎はからかい、レンズを佳穂の秘部にぐっと近づけた。

「そんな近くで撮らないで。アップなんて、いやよ」

佳穂が言った。

しかし、さほど迷惑げな声ではなかった。それを裏づけるように、次第に佳穂の息遣いが荒くなりはじめた。

やがて、彼女は瞼《まぶた》をきつく閉じ、ためらいがちに両手で自分の乳房を包んだ。しなやかな指の間に乳首を挟みつけ、膨らみ全体をまさぐりはじめた。ついに我慢できなくなったようだ。

竜崎は口を歪《ゆが》めた。

佳穂が右手を秘部に伸ばした。フリル状の肉片を二本の指でひとしきり震わせ、小さく張りつめた部分を集中的に愛撫しはじめた。

すぐに佳穂は喘《あえ》ぎ声を洩らした。

喘ぎが加速度的に高まり、煽情的な呻き声が混じりはじめた。

合わせ目からあふれた愛液で、サーモンピンクの肉は濡れ濡れと光っていた。湿った音は間断《かんだん》なく響きつづけた。

猥《みだ》りがわしい構図だった。

竜崎は、かすかに下腹部が熱を孕《はら》むのを意識した。生唾も湧いた。

しかし、それだけだった。邪《よこしま》な欲情には駆られなかった。

「ねえ、そのまま見てるつもりなの？」

佳穂が目を開け、上擦《うわず》った声で言った。瞳が潤《うる》み、頬もほんのり赤い。

「ゴールが近いようだな」

「ね、なんとかしてくれない？」

「床の間に一輪挿《ざ》しがあるじゃないか。あれでも使うんだな」

「ばかにしないでよ」

佳穂が三日月眉を攣《つ》り上げ、発条仕掛《ばねじか》けの人形のように勢いよく上体を起こした。ブラウスとスカートを拾い上げ、裸身を覆い隠す。

「面白いショーを観《み》せてもらったよ。郷原にビデオを観せてやりたい気分だ」

「悪党！　帰ってよ、早く帰ってちょうだいっ」

「美女は、いつもほほえんでたほうがいいな」

竜崎は畳に置いたビデオカメラからカセットを抜き取り、すぐさま部屋を出た。

佳穂の罵声が飛んできたが、振り向かなかった。高級マンションを出ると、車まで走った。

郷原の居所を突きとめるには少々、時間がかかりそうだ。衣笠組の金森を締め上げることにした。うまくすれば、郷原の居場所がわかるかもしれない。

竜崎はそう考えながら、レクサスを走らせはじめた。

都立広尾高校の脇を抜けて、明治通りに出る。

並木橋の交差点に差しかかったとき、携帯電話が懐で鳴った。竜崎はモバイルフォンを摑み出し、左耳に当てた。

「わたしです」

瑠美の涙声が響いてきた。

「何かあったんだね？」

「野上が、主人が亡くなったの」

「なんだって⁉　野上は、いつ死んだんだ？」

竜崎は一瞬、目の前が暗くなった。ややあって、瑠美が質問に答えた。

「よくわからないんです。ついさっき、横浜の第三管区海上保安部から連絡があって、主人の漂流死体を相模湾で収容したと……」

「なんてことだ」

竜崎は呻いて、車を左に寄せた。

ショックが大きすぎ、安全運転できそうもない。竜崎は車を停め、携帯電話を握り直した。

「主人は横浜市立大医学部の教授の手によって、これから司法解剖されるそうです」

「野上が、もうこの世にいないだなんて」

「すぐに第三海保に来てほしいって言われたの。だけど、わたし、腰が抜けたような感じで歩けないんです」

「おれが一緒に行ってやろう。いま、きみは家にいるんだね？」

「ええ」

「三、四十分後には、そっちに着けると思うよ」

竜崎は通話を打ち切り、気を取り直した。

すぐに車を急発進させ、並木橋の交差点を左に折れる。八幡通りを中目黒まで進み、山手通りに入った。

頭の中は真っ白だった。

全身の体毛が毛羽立《けばだ》ち、背筋が寒い感じだ。風景は色彩を失い、反転写真を眺めているようだった。

中原街道に入ると、さらにスピードを上げた。まだ道路は渋滞していなかった。

野上のマンションに着いたのは、ちょうど三十分後だった。

部屋に駆け込むと、瑠美が倒れるように抱き縋《すが》ってきた。

竜崎は、しっかと抱きとめた。ほとんど同時に、瑠美が激しく泣きはじめた。小刻みに震える肩が痛ましい。

「辛いだろうが、しっかりするんだ」

竜崎は玄関先で、友人の妻を励ましつづけた。

五分ほど経《た》つと、嗚咽《おえつ》が熄《や》んだ。

竜崎は瑠美の体を支えながら、そのまま部屋を出た。少しでも腕の力を緩《ゆる》めると、瑠美は膝から崩れそうになった。

マンションの外に出るまで、優《ゆう》に五分はかかった。

瑠美をレクサスの助手席に坐らせると、竜崎は慌《あわ》ただしく車をスタートさせた。ひどく気持ちが急《せ》いていた。

第三管区海上保安部は、横浜港の外れにある。

竜崎は麻薬取締官時代に、数えきれないほど訪ねていた。顔見知りも少なくなかった。

馴染《なじ》み深い建物が見えてきたのは、およそ一時間後だった。

竜崎は瑠美を抱きかかえながら、第三海保の玄関を潜《くぐ》った。受付で、警備課の畑正隆《はたまさたか》を呼んでもらう。

畑は刑法犯捜査担当の専門官だ。竜崎よりも三つ若い。現職の麻薬取締官のときは、よく合同捜査をした間柄だった。

数分待つと、二階から畑が降りてきた。

上背があって、筋肉も発達している。漁師のように肌が黒い。

「竜崎さん、どうもしばらくです。お連れの方は奥さんですか？」

「いや、野上昇一の奥さんだよ。死んだ野上は学生時代からの友人だったんだ」

「そうでしたか。どうも失礼しました」

畑がスポーツ刈りの頭に手をやって、瑠美に目礼した。

瑠美が会釈《えしゃく》を返す。白いハンカチをぎゅっと握りしめていた。竜崎は小声で訊いた。

「解剖は？」

「間もなく終わると思います。その前に奥さんから事情聴取しておきたいんで、とりあえず階上《うえ》に……」

畑が先に歩き出した。

海上で発生する犯罪は、海上保安庁が捜査に当たっている。相模湾は第三管区保安部の管轄下にあった。海上保安庁は全国に十一の管区を設《もう》け、そこに海上保安部を置いている。第三海保は大きなほうだった。職員数も多い。

竜崎と瑠美は警備課に導かれた。

畑に勧《すす》められ、二人は長椅子に並んで腰かけた。畑が竜崎の前に坐る。

「まず死体収容時のことから聞かせてくれないか」

竜崎は瑠美に代わって、畑を促した。

「午後一時十五分ごろ、大磯《おおいそ》沖で操業中の職漁船から漂流死体を発見したという無線連絡がありまして、うちの警備艇が収容に向かったわけです。着衣はパーカ以外は脱げていませんでした。靴は片方だけしか履《は》いてなかったですね」

「外傷は？」

「打撲傷が数カ所あるだけでした。ただ、左の腕に注射針の痕がありました」

「というと、毒物による……」

「いいえ。おそらく野上さんは麻酔注射を射《う》たれた後、海中に投げ込まれたんだと思います。剖検《ぼうけん》で他殺ということがはっきりしたら、神奈川県警との合同捜査ということになるでしょうね」

畑が言い終わったとき、瑠美が喉の奥を軋《きし》ませた。ひとしきり啜《すす》り泣きがつづいた。

竜崎は畑に低く言った。

「事情聴取は、もう少し後にしてやってくれないか」

「わかりました。竜崎さん、ちょっと廊下に出ませんか？」

畑が腰を浮かせた。

竜崎は瑠美に一言《ひとこと》断って、畑と部屋を出た。

二人は廊下の端にたたずんだ。採光窓から、柔らかな陽射《ひざ》しが斜めに射し込んでいる。

「奥さんのことを気遣って打撲傷のことしか言いませんでしたが、実は野上さんは針金で両手を腰の後ろで縛られてたんですよ」

畑が低く言った。

「惨《むご》いことをしやがる」

「ほんとですね。両手首の皮膚は破れ、肉が抉《えぐ》れてました。海中に投げ込まれたとき、意識がほんの少し戻ったんでしょう。それで被害者は死にもの狂いで、懸命にもがいたんでしょうね」

「野上の身許は、すぐにわかったのかい?」

「ええ。スラックスの尻ポケットに、運転免許証が入ってたんですよ」

「そうか」

「実に大胆な犯人です。犯罪者の心理として、普通は被害者の身許を隠そうとするもんですけどね」

「見せしめの意味もあったんだろう」

竜崎は言った。すると、畑が即座に問いかけてきた。

「それ、どういうことなんです?」

「野上はフリーのノンフィクション・ライターだったんだよ。どうも彼は、誰かの致命的な秘密を掴んでたらしいんだ」

「その話、もっと、詳しく話してくれませんか?」

「おれも野上の奥さんも、それ以上のことはわからないんだよ」

竜崎はポーカーフェイスで、そう答えた。捜査に積極的に協力しなかったのは、野上を殺した犯人を自分の手で捜し出す気になっていたからだ。

「竜崎さん、何か隠してるんじゃないでしょうね?」

「おれは、もう麻薬取締官じゃないんだぜ。なんの捜査権もない人間が、自分で動く気になるわけないじゃないか」

「それもそうですね。神奈川県警の連中には負けられません。必ず第三海保が犯人《ホシ》を逮捕《パク》りますよ」

「まるで手がかりがないわけでもないようだな」

竜崎は鎌《かま》をかけた。

「ええ、まあ。実は、今日の明け方のことなんですが、駿河湾《するがわん》の定置網に若い女の死体が引っかかってたんですよ」

「女の身許は?」

「まだ判明してません。なにしろ、そっちは全裸だったもんでね」

「その女も生きたまま、海に投げ込まれたのかな?」

「そうなんですよ。解剖所見によると、手術用の麻酔ガスを吸わされた後、両手首を針金で縛られ、海中に投棄《とうき》されたようです」

「殺され方が野上のケースと似てるな」

「ええ。おそらく女のほうを殺《や》った奴は、医療関係の仕事に携《たずさ》わってる者でしょう」

「だろうね。手術用の麻酔ガスなんて、どこにでもあるって代物《しろもの》じゃないからな」

「野上さんの場合も麻酔注射を射《う》たれたようですから、犯人は同じかもしれません」

「その可能性はあるな」

竜崎は推理を巡《めぐ》らせはじめた。

野上は、臓器移植に関する取材をしていたらしい。それだけではなく、何らかの理由で医師免許を失った者たちをリストアップしていたという。

そのあたりに、事件の謎を解く鍵がありそうだ。

郷原の身内か知人に、病院関係者がいるのか。野上は、郷原は駒にすぎないというニュアンスのことを洩らしたことがあった。

それが事実だとしたら、誰かが郷原の仕業《しわざ》と見せかけたとも考えられる。それは山谷なのか。あるいは、山谷以外の人物なのか。

「竜崎さん、どうしたんです？　急に黙りこくってしまって」

「野上と旅行したときのことを思い出してたんだよ」

竜崎は言い繕《つくろ》った。

畑が同情に満ちた目を向けてきた。

その直後だった。若い職員が走ってきた。書類を手にしている。畑が、その男に声をかけた。

「解剖所見が出たんだな？」

「ええ。やはり、野上昇一は溺死でしたよ。所見の写し、ご覧になりますか？」

「いや、いいよ。課長に渡してくれ」

「わかりました」

畑の部下らしい男が、あたふたと警備課に駆け込んだ。

「死体安置所にご案内します。ここで待っててください。いま、野上さんの奥さんを呼んで来ますから」

「いや、おれが行こう」

竜崎は畑を手で制し、警備課に戻った。

瑠美は泣き熄《や》んでいた。腫《は》れた瞼《まぶた》が痛々しい。瑠美は、コーヒーテーブルの一点を虚《うつ》ろに見つめていた。

「解剖が終わったそうだ。野上に会いに行こう」

竜崎は瑠美の腕を取って、静かに立ち上がらせた。

次の瞬間、瑠美が体をよろめかせた。すぐに彼女は竜崎の腕に全身でしがみついてきた。どうやら、めまいに襲われたらしい。瑠美を少し休ませてから、部屋を出る。

竜崎たちは畑に先導され、死体のある部屋に入った。

空気が湿っぽかった。誰が手向《たむ》けたのか、三本の長い線香が薄い煙を吐いている。

変わり果てた野上は、キャスター付きのベッドに横たわっていた。

顔は白布で覆われていた。首が少しだけ見える。蒼白かった。

竜崎は、瑠美の肩をそっと押した。

瑠美が夢遊病者のような足取りで寝台に近づき、震える指で白い布を捲《めく》った。

次の瞬間、彼女は夫の遺体に取り縋《すが》って、悲鳴のような泣き声を放った。

竜崎は寝台に歩み寄り、野上の顔を見た。

さほど苦痛の色はうかがえない。唇の端がわずかに歪《ゆが》み、生《は》え際《ぎわ》に紫色の痣《あざ》があるきりだ。それが、せめてもの救いだった。

「あなた、起きて！　お願いだから、起きてちょうだい」

瑠美が泣き叫びながら、野上の体を揺さぶりたてた。キャスターが床を擦《こす》る音が哀しく響いてきた。

──おまえの仇《かたき》は、おれが討ってやる。安らかに眠ってくれ。

竜崎は野上の土気色《つちけいろ》の顔を見据えた。胸に悲しみが拡《ひろ》がった。

4

静かだった。

剃刀《かみそり》の音だけが小さく聞こえる。

部屋の空気は重かった。遺体は北枕に安置されていた。

竜崎は死者の足許に胡坐《あぐら》をかいて、瑠美の手許を見つめていた。

故人の自宅の和室だった。瑠美は死者の枕許に正坐し、わずかに伸びた髭《ひげ》を入念に当たっていた。手つきが優しい。

午後八時過ぎだった。

通夜の準備は、とうに整っている。だが、まだ弔問客はひとりも訪れていない。

悲しみに打ち沈んでいる瑠美に代わって、竜崎が野上の身内に電話で訃報《ふほう》を伝えた。

それから、かれこれ一時間が経《た》つ。

野上の両親は、すでに他界している。五つ違いの姉は群馬県の商家に嫁いでいた。

しかし、叔父一家は練馬区に住んでいるはずだ。

いったい何をしているのだろうか。最初に駆けつけるのは、横浜市の日吉《ひよし》に住んでいる瑠美の姉夫婦かもしれない。

「死んでも髪の毛や髭は伸びるって言いますよね」

瑠美が、だしぬけに言った。呟くような声だった。

「そうらしいな」

「そんなの、哀しすぎるわ。残酷すぎます」

瑠美が言って、また涙にくれた。

竜崎は胸を衝《つ》かれた。視界が涙でぼやけそうになった。気を逸《そ》らすため、大急ぎでラークをくわえる。

瑠美のいる場所では、悲しみを露《あらわ》にはしたくなかった。何やらスタンドプレイめいているようで、ためらうものがあった。

それに自分が感情を剝《む》き出しにしたら、瑠美の悲しみは一段と強まるにちがいない。

十分あまりすると、瑠美が泣き熄《や》んだ。

彼女は坐り直し、ふたたび故人の髭を剃りはじめた。剃刀を操《あやつ》りながら、瑠美は死者に小声で何か語りかけていた。竜崎は、わけもなく落ち着きを失った。何か夫婦の秘めごとを見ているような心持ちだった。

二人だけにさせてやろう。

竜崎は和室を出た。リビングソファに腰かけようとしたとき、インターフォンが鳴った。瑠美が反射的に腰を浮かせた。

「おれが出よう」

竜崎は玄関に急いだ。

クリーム色のスチール・ドアを開けると、若い女が立っていた。二十一、二歳だろう。長い髪を栗色に染めている。化粧も濃かった。

「どなたかな?」

竜崎は先に口を切った。

「二子玉川のブティックで働いてる者です。社長の旦那さんですか？」

「いや、おれは野上の友人だよ」

「社長を呼んでください」

「奥にいるが、いま取り込み中なんだ。用件はおれが代わりに聞こう」

「逃げる気なのね、社長ったら！」

女が狸顔《たぬきがお》を強張《こわば》らせた。

「それ、どういう意味なんだ？」

「先月分の給料、まだ貰《もら》ってないんですよ。何度も催促したんだけど、ちっとも払ってくれないの」

「今夜は野上の通夜《つや》なんだよ」

「えっ、旦那さん、死んじゃったの⁉」

「ああ。そういうわけだから、日を改めて出直してくれないか」

「ついてないいなあ」

女はぼやきながら、歩み去った。

従業員の給料まで満足に払えないほど、ブティックの経営は不振だったのか。瑠美は、しばらく苦労することになりそうだ。

竜崎は若い未亡人の行く末を案じながら、大股で居間に戻った。

和室を何気なく見ると、瑠美が故人の頰や顎にローションを擦《す》り込んでいた。

「化粧品のセールスだったよ」

竜崎はごまかして、ソファに腰かけた。

「そう。淋《さび》しい通夜でしょ？　お坊さんもいないし、葬儀社の人の姿もないし」

「これでいいんだと思うよ。野上は生前、しきりに葬式の無意味さを説《と》いてたからね」

「わたしも故人との別れは形式じゃないと考えてるんだけど、野上のほうの身内がなんていうか……」

瑠美が口を噤《つぐ》んだ。

それから間もなく、ふたたびインターフォンが鳴った。ひどく乱暴な鳴らし方だった。

竜崎は玄関に足を向けた。

来訪者は、柄の悪い男たちだった。ともに三十歳前後で、小柄な男はゴールドのブレスレットを光らせている。もうひとりは背が高かった。

二人組は、蒲田にあるサラ金会社の者だった。頰骨の尖《とが》った長身の男の話によると、瑠美が夫に内緒で店の運転資金を三百五十万円ほど借り、半年前から返済を滞らせているという。

「この家で今夜、不幸があったんだ。きょうのところは引き取ってくれないか。頼むよ」

竜崎は頭を下げた。すると、ブレスレットをした男が大声で息巻《いきま》いた。

「誰が死のうが、こっちにゃ関係ねえんだ。野上瑠美をここに連れて来い！」

「大声を出さないでくれ」

「うるせえ。てめえは引っ込んでろ」

「話のわからない奴らだ」

竜崎は憤《いきどお》りを覚え、小柄な男の眉間に直突《じかづ》きを浴びせた。

男は背中をドアにぶつけ、そのまま尻から落ちた。頬骨の張った男が懐を探《さぐ》る。匕首《あいくち》でも呑んでいるのだろう。竜崎は長い脚で男の腹を蹴り込んだ。

男が仲間の上にのしかかるように倒れた。

竜崎は、二人の男を廊下に蹴り出した。男たちは這《は》いながら、エレベーターホールの方に逃げ去った。

部屋に戻ると、玄関ホールに瑠美が立っていた。

「お怪我は？」

「いや、どこも……」

「ご迷惑をかけました。あのサラ金業者は暴力団の幹部だったの。そうと知ってたら、あんなところでお金なんか借りなかったんだけど」

「返済の当てはあるのかい？」

「いいえ。わたし、お店を畳みます。お店の保証金で借金をきれいにして、どこかに勤めるわ」

「しかし、なんか惜《お》しいな」

「いいの。ここを引き払って、わたし、安いアパートに移ります」

「何か困ったことがあったら、いつでも相談に乗るよ」

「ええ、ありがとう」

会話が途切れた。

二人は居間に戻った。故人を偲《しの》んでいると、瑠美の姉夫婦がやってきた。少し経《た》って、野上の姉一家も訪れた。最後に野上の叔父と従弟《いとこ》が来た。

通夜の客は、それだけだった。

竜崎は弔《とむら》い酒の用意をした。身内の者は、しんみりと故人の思い出話に耽《ふけ》った。

しかし、どの話も長くはつづかなかった。

「こんな通夜じゃ、昇一が浮かばれんよ」

突然、ビールに酔った野上の叔父が大声で喚《わめ》きだした。午前三時過ぎだった。

野上の姉が、叔父を諌《いさ》めた。だが、彼は言い募《つの》った。

「野上家は代々、名主《なぬし》を務《つと》めてきたんだ。罪人じゃあるまいし、密葬だなんて我慢できん！」

「叔父さん、やめてください」

「おまえは黙ってろ」

野上の叔父が姪を叱りつけ、酔いで赤く濁った目を瑠美に向けた。

「だいたい瑠美さん、あんたがよくないよ」

「どこが悪かったんでしょう？」

「昇一がなんと言ってたか知らんけど、一家の大黒柱が亡くなったんだ。盛大な葬儀を執《と》り行うのが妻の務めじゃないか。違うかね？」

「わたしは、故人の遺志を尊重してやりたいんです」

瑠美がきっぱりと言った。

野上の叔父は瑠美の態度が気に入らなかったらしく、ねちねちと甥《おい》の妻をいびりはじめた。瑠美は黙って聞くだけで、じっと耐えていた。

それで増長したのか、野上の叔父はしつこく瑠美に絡《から》みつづけた。

竜崎は見かねて、口を挟んだ。

「どういう形で死者を弔《とむら》ってやるかは、故人に一番近い人間が決めるべきなんじゃないですか？」

「なんだい、あんたは！　これは身内の問題なんだ。他人が口を差し挟まんでくれ」

「確かに出過ぎたことを言ったのかもしれません。しかし、こんなことで揉めるのは死者に対して失礼だと思います」

「なんだと！　他人が偉そうなことを言うな。今夜は身内だけの集まりなんだ。他人は帰ってくれ！」

野上の叔父が声高《こわだか》に叫んだ。

居合わせた者たちが、一斉に野上の叔父に非難の目を向けた。だが、面と向かって文句を言う者はいなかった。誰もが呆《あき》れている様子だった。

ここは自分が消えないと、収《おさ》まりがつかないだろう。

竜崎は弔問客に目礼し、玄関に向かった。瑠美が小走りに追ってきた。

「ごめんなさいね、野上の叔父が失礼なことばかり言って」

「いいんだ。それほど気にしてるわけじゃない。火葬場にはついていくよ」

竜崎は靴を履《は》くと、そそくさと部屋を出た。何か遣《や》り切れない気分だった。

――野上、赦《ゆる》してくれ。朝まで、おまえのそばにいてやりたかったんだがな。

竜崎は胸中で詫《わ》びながら、エレベーターホールに急いだ。

『深沢コーポラス』に帰り着いたのは、午前四時過ぎだった。

地下駐車場に潜るとき、ふと竜崎は自分の部屋を見上げた。電光が煌々《こうこう》と灯《とも》っていた。

弘子が来ているらしい。

きのうの夕方、竜崎は電話で弘子に野上の死を告げてあった。彼女は、沈み込んでいる自分をさりげなく包み込んでくれる気になったのだろう。弘子は、そういう女だった。当分、別れる気は起こらないだろう。

弘子を寝かしつけたら、ひとりで弔い酒を飲もう。

竜崎は、車ごとスロープを滑り降りていった。

5

小さなビジネスホテルだった。

五階建てだが、間口《まぐち》は狭い。神田の猿楽町《さるがくちょう》の外れにあった。

野上は、ここに隠れていたのか。

竜崎は細長い建物を振り仰《あお》いでから、ホテルのロビーに入った。

野上が骨になったのは、きのうだ。昨夜、このホテルから野上の家に連絡があり、ここに潜伏していたことがわかったのである。

ホテルからの電話があったとき、たまたま竜崎は野上の家にいた。野上はホテルの部屋に荷物を残したまま、行方がわからなくなったという話だった。

竜崎は瑠美の代理人として、野上の荷物を引き取りにきたのだ。

ロビーに人気《ひとけ》はなく、ひっそりとしていた。

午後二時過ぎだった。出張などで宿泊している客たちは、おおかた出払っているのだろう。

竜崎はフロントで来意を告げた。

四十年配のフロントマンが館内電話をかけた。少し待つと、初老の支配人が奥の事務室から現われた。布製の黒いバッグを携《たずさ》えていた。かなり膨らんでいる。

「これが野上様のお荷物です」

「少し話をうかがいたいんですが……」

竜崎はバッグを受け取って、支配人に切りだした。支配人が快諾《かいだく》し、ロビーのソファセットを手で示す。

二人は、そこに腰かけた。

竜崎はバッグをソファの横に置き、まず宿泊料金の精算をしてもらった。

野上は、五日分の宿泊料金を前払いしていた。不足分は、たいした金額ではなかった。

「あの野上様がお亡くなりになったなんて、いまも信じられない気持ちです」

「荷物は、これだけですか？」

「はい」

「実際に泊まったのは、二日だけだったわけですね？」

「そうです。三日目の朝、名古屋に行かれるとおっしゃって出かけられ、そのままお戻りにはなりませんでした」

「名古屋のどこに行くと言ってました？」

「具体的な場所はおっしゃらなかったんですよ」

支配人が気の毒げに言った。

「野上がいる間に、このホテルに不審な人影が近づくようなことは？」

「そういうことはなかったですね」

「野上が誰かに電話をかけて、何かを預けたようなことはありませんでした？」

「そういうこともなかったと思います」

「ちょっとバッグの中身を調べてみます」

「野上様は何か大事なものを持ち歩かれていたのでしょうか？」

「ええ、まあ」

竜崎は曖昧《あいまい》に答え、黒い布バッグのファスナーを開けた。

着替えや洗面具のほかに、数冊の本とスクラップブックが納まっていた。フィルムや録音音声のメモリーは見当たらなかった。取材メモの類《たぐい》もない。

竜崎はスクラップブックを開き、ざっと目を通した。新聞や雑誌の切り抜きが日付け順に並んでいた。どれも失踪事件に関する特集記事だった。

首都圏で数カ月前から、ミステリアスな失踪事件が頻発《ひんぱつ》していた。

相次いで消息を絶ったのはモデル、AV女優、ダンサー、ホステスたちだ。いずれも若くて美しい。また、豊満な肢体の持ち主が多かった。

ホステスの大半は、東南アジアからの出稼ぎ女性だった。行方不明になった女たちの数は、すでに三十人近い。警察当局は、まだこれといった手がかりを摑んでいない。

一連の女性失踪事件を追う形で、ひと月あまり前から若い男たちも消えはじめている。そのほとんどがイラン人、パキスタン人、フィリピン人などの不法残留者だった。

竜崎は、いくつかの記事を読んだ。

ある談話が目に留《と》まった。上野公園で野宿をしていて、危うく拉致《らち》されかけたイラン人青年のコメントだった。彼の仲間の不法残留者を連れ去ったのは、やくざ風の男たちだったらしい。

消えた男女は、人身売買組織に拉致されたのだろうか。それとも、狂信的な国粋《こくすい》主義者グループが目障《めざわ》りな彼らを連れ去って密かに葬《ほうむ》ったのか。おそらく、どちらかなのだろう。

「そのスクラップブックと野上様の死とは、何か関係があるのでしょうか？」

支配人が問いかけてきた。

「まだ何とも言えないんですよ」

「実はわたくし、そのスクラップブックを見たことがございます」

「どこで見たんです？」

「野上様がいらした五〇一号室です。火災警報器の点検にうかがったときに、お部屋でスクラップをお読みになっていたんですよ」

「そのとき、あなたは野上と何か話をしました？」

「ええ、少しばかり失踪事件のことを」

「野上は、どんなことを話してました？」

「そのスクラップブックを片づけながら、いつか原稿を書くときに使うつもりだとおっしゃっていました」

「ほかに何か言ってませんでした？」

「二種類の失踪騒ぎの根っこは同じだと思うとおっしゃっていました。あのときの口ぶりですと、もう一連の事件のことをだいぶ取材されているようでしたね」

「そうですか。それはそうと、五〇一号室は塞《ふさ》がってるんですか？」

「予約が入っていますが、まだお客様はチェックインされておりません」

「それなら、ちょっと部屋の中を見せてもらえませんか？」

「ええ、どうぞ。ご案内いたしましょう」

支配人が立ち上がった。

竜崎は急いでスクラップブックを布バッグに戻し、支配人の後に従った。エレベーターで五階に上がる。

五〇一号室は、シングルルームだった。

床の部分は六畳ほどのスペースしかない。大柄な竜崎には、息苦しく感じられた。

支配人の許可を得て、ベッドマットを持ち上げてみた。しかし、何も隠されていなかった。

浴室とトイレは、ユニットになっていた。便器の貯水タンクの中まで覗いてみたが、やはり何も出てこなかった。竜崎は支配人に礼を言って、部屋を出た。

支配人は一階のロビーまで見送ってくれた。竜崎はホテルの専用駐車場に急ぎ、自分の車に乗り込んだ。

エンジンを始動させたとき、携帯電話が鳴った。

発信者は、『リスク・リサーチ』の若いスタッフだった。

「お問い合わせの件ですが、郷原と山谷の双方の身内に医療関係者はひとりもいませんでした」

「友人や知人のほうも調べてくれたかい？」

「はい、一応。そっちのほうにも、医療関係者は見当たりませんでした」

「そうか。悪かったな」

竜崎はいったん電話を切って、野上の自宅のプッシュフォンを鳴らした。

瑠美は、五度目のコールサインの途中で受話器を取った。

若い未亡人の声は暗く沈んでいた。野上が小さな骨壺に納まってしまったことで、新たな悲しみに包まれているのだろう。

竜崎は野上の荷物を引き取ったことを告げ、かねて気になっていたことを訊いた。

「野上が取材か観光で最近、海外に出かけたことはあるかい？」

「三カ月ほど前に、マニラに三、四日行ったわ。取材で出かけたんです」

「どんな取材だったのかな？」

「日本人男性の買春ツアーの落とし子たちのルポを書くとか言ってたけど、その原稿はどこにも発表してないと思います」

「そう。南米には出かけてない？　ペルーやコロンビアなんて国に」

「南米には行ってないはずです。もっとも本人が出かけなくても、南米で何か取材してたかもしれませんけど」

「どういうことなんだい？」

「野上は時々、フリーの取材記者にデータ集めをやってもらってたんです」

　瑠美が言った。

「その取材記者の名前や連絡先はわかるかな？」

「主人は仕事のことは、あまり家では話さなかったの。でも、名刺アルバムを調べてみれば、わかるかもしれないわ。少しお待ちになって」

「後で野上のバッグを届けに行くつもりだから、そのときでいいよ。それより、野上は殺される前日に名古屋に行ったらしいんだが、そのことで何か思い当たらない？」

「名古屋には親しい人もいないから、ちょっと思い当たりません。多分、何かの取材だったんでしょうけどね」

「首都圏で数カ月前から謎めいた失踪事件が相次《あいつ》いでるんだが、そのことで野上は何か洩らしてなかった？」

「いいえ、別に何も言ってませんでした」

「そう。少し調べものをしてから、バッグを届けに行くよ」

　竜崎は電話を切り、レクサスを走らせはじめた。

　東銀座にある『静岡日報』東京支局を訪ね、野上と似たような殺され方をした若い女のことを詳しく調べるつもりだった。靖国《やすくに》通りに出て、岩本町《いわもとちょう》で昭和通りに折れる。

　目的のビルは、三原橋《みはらばし》交差点の近くにあった。俗にプレスビルと呼ばれ、地方新聞社の支局が集まっている。

竜崎はビルの地下駐車場に車を預け、『静岡日報』東京支局のドアを押した。閲覧《えつらん》室《しつ》は受付のすぐ脇にあった。

竜崎は、そこで新聞の綴《つづ》りを繰《く》った。

全裸漂流死体の記事は、割に大きく取り扱われていた。写真入りの五段記事だった。

竜崎は、その記事を貪るように読んだ。

被害者は竹下奈央《たけしたなお》という二十五歳の女だった。名古屋市にある一善会《いちぜんかい》病院の外科の看護師だ。その病院名には、かすかな記憶があった。

竜崎は、じきに思い出した。

一善会病院は数年前に医療事故を起こし、さんざんマスコミに叩かれたことがあった。エイズウイルスに汚染された輸入血液を数十人の患者に輸血してしまい、告発されたのだ。

——野上は、この病院の何か不正を嗅ぎつけたんじゃないのか。竹下奈央は内部告発者なのかもしれないな。そう考えると、二人が似かよった殺され方をしたことがうなずける。

竜崎は調査に必要なことを手帳に書き写し、上着の内ポケットから電子手帳を取り出した。

この病院の理事長は、かなりアクの強い人物だった気がする。輸血ミスのことで世間の非難を浴びても、被害患者に謝罪もしなかった。記者会見の席では、血液提供先の不手際《ふてぎわ》だけを一方的にあげつらい、責任を転嫁《てんか》しつづけた。その無責任ぶりが世間やマスコミの非難の的《まと》になり、集中攻撃を浴びることになった。それでも理事長は涼しい顔をしていた。

竜崎はパソコン手帳の呼び出しキーを押した。

電子手帳には、時の人物、重大事件、各種の団体などに関するデータが入力されている。液晶ディスプレイに、一善会病院の所在地、職員数、ベッド数などが浮かび上がった。

理事長の魚住康範《うおずみやすのり》の名で、ふたたび検索する。データが次々に表示されはじめた。

竜崎はディスプレイの文字を一字ずつ、頭に刻みつけた。

魚住は三重県生まれで、六十八歳だった。魚住グループの総帥《そうすい》で、本社ビルと自宅は名古屋市内にある。

グループの系列会社は二十社を超え、全従業員数は千三百人近い。業種も薬品、食品、不動産、クリーニング、運輸、金融、衣料、貴金属、鮮魚と多岐にわたっている。

魚住は、もともとは水産加工業者だった。二十年ほど前に鯛や伊勢海老の養殖を手がけ、経済的な基盤を築いた。その後、名古屋に移り住み、次々に新しい事業を興《おこ》した。いずれも成功を収《おさ》め、さらに飛躍的な急成長を遂《と》げた。

七年前にグループの傘下に入った一善会病院は、魚住が開院したものではない。前理事長から譲り受けたものだ。

竹下奈央の死の真相を探れば、野上を殺した奴の顔も見えてくるだろう。

竜崎は電子手帳を懐に戻し、『静岡日報』東京支局を出た。地下駐車場に降り、すぐに車に乗り込む。

竜崎はモバイルフォンを使って、郷原が借りている四谷のマンションに電話をした。コールサインが虚《むな》しく返ってくるだけだった。

光洋海運の本社ビルと郷原の自宅にも電話をしてみた。

しかし、なぜだか双方とも受話器は外れなかった。郷原は静岡に戻っていながら、警戒して電話に出ないのかもしれない。名古屋に行く前に、ちょっと清水区に立ち寄ってみよう。

竜崎は決めた。

昭和通りを走り抜け、東雪谷に向かう。野上の布バッグを届けるついでに、憔悴《しょうすい》しきっている瑠美を元気づけてやるつもりだった。

レクサスは桜田通りに入った。少し加速した。車の流れはスムーズだ。
七、八百メートル走ってから、竜崎は白いクラウンが追尾《ついび》してくるのに気づいた。

その車は、プレスビルの近くで見かけている。

おそらく尾行されているのだろう。

竜崎は、わざと減速した。

ミラーに目をやる。クラウンを運転しているのは、中年の男だった。筋者《すじもの》ではなさそうだ。

何者なのか。

竜崎は尾行者の正体を探《さぐ》ることにした。徐々に加速していく。クラウンは見え隠れしながらも、執拗に追ってくる。

しばらく走ると、左手に芝公園が見えてきた。

公園の途切れたところが赤羽橋の交差点だ。その数百メートル先に、ピロティ式のレストランがあった。幾度か、食事をしている。

竜崎は、その店の専用駐車場にレクサスを滑り込ませた。

カースペースは半分ほど埋まっていたが、人の姿はなかった。

竜崎は車を中ほどのカースペースに入れると、素早く外に出た。隣の車の陰に身を潜《ひそ》めて、クラウンを待つ。

数十秒すると、クラウンが駐車場に入ってきた。

男は走路の向こう側に自分の車をパークさせた。竜崎は中腰で大きく回り込み、クラウンに接近した。

男が車を降り、ドアを閉めた。

無防備な姿勢だった。竜崎は猫足《ねこあし》で男の背後に迫り、その首筋に手刀《しゅとう》を叩き込んだ。

男が短く唸って、その場に頽《くずお》れた。

「なぜ、おれを尾行してるんだっ」

竜崎は大きな手で、男の頭髪をむんずと摑んだ。鷲摑みにしたまま、男を捻《ひね》り倒す。

「誤解だよ。わ、わたしは、きみを尾けてたわけじゃない」

「諦《あきら》めが悪いな」

竜崎は男の腹を蹴りつけた。靴の爪先が、だぶついた肉の中に埋まった。

男が呻きながら、胃液を吐いた。どんぐり眼《まなこ》に涙が盛り上がっている。

竜崎は男の上着の内ポケットを探って、黒革の名刺入れを抓《つま》み出した。男は探偵社の調査員だった。桑田《くわた》という姓だ。

「依頼人は誰なんだっ」

竜崎は声を張った。

桑田は答えようとしない。竜崎は無言で、桑田の手の甲を靴の底で踏みつけた。

「骨が、骨が折れてしまう。足をどけてくれ」

「喋ったら、どけてやるよ」

「『フロンティア・コーポレーション』の人に頼まれたんだ。早く足をどけてくれーっ」

桑田が叫ぶように言った。

竜崎は足をどけた。桑田が顔をしかめながら、手の甲を撫でさすった。『フロンティア・コーポレーション』はリゾート開発会社で、山谷グループの一社だった。

「まさか山谷義信が直接、あんたのオフィスを訪ねたわけじゃないんだろう？」

「社長の秘書の植田《うえだ》さんが見えたんだよ」

「おれの何を探れって言われたんだ？」

「あんたの行動を細かく報告しろと……」

桑田がぼそぼそと言った。

「いつから尾行してた？」

「きょうからだよ。昼過ぎから、『深沢コーポラス』の近くで張り込んでたんだ」

「今度見かけたら、前歯を全部蹴り飛ばすぜ。植田って野郎には適当なことを言っとくんだな」

竜崎は言い捨て、レクサスに駆け寄った。

山谷が、なぜ自分の動きを気にするのだろうか。どうやら彼も、野上に秘密を握られたらしい。その秘密とは、邦人誘拐の陰謀なのか。あるいは、別の悪事なのだろうか。

それはそうと、野上が預かってくれといっていた物はどうしてしまったのか。

竜崎は車を発進させながら、ふと思った。

正体不明の敵が野上を捉えたときに、首尾《しゅび》よく手に入れたのか。そんなはずはない。だからこそ、妙な尾行者にまとわりつかれたのだろう。

山谷義信が郷原を裏で動かしているのか。

まだ二人の接点は浮かび上がってこないが、そう考えられないこともない。しかし、二人の暗い企《たくら》みを証拠だてるものは何もなかった。

野上は敵に殺されることを予感して、陰謀を暴《あば》く材料を誰かにこっそり郵送したのではないのか。

そうだとしたら、送り先はどこなのか。

妻の瑠美や親しかった自分に送りつけるのは、いささか危険だ。敵に覚《さと》られやすい。

自分が野上だったら、プライベートなつき合いはしていない知人に送るだろう。

竜崎はレクサスを桜田通りに進めた。

真っ先に頭に思い浮かんだのは、『月刊ワールド』の日高編集長だった。

竜崎は少し走ってから、車を路肩に寄せた。ミラーに桑田の車は映っていない。モバイルフォンで盛文社に電話をする。

だが、日高の許《もと》には何も届いていなかった。

ふと思い立って、野上のライター仲間の真鍋のアートに電話をかけた。しかし、先方の受話器は外れなかった。留守のようだ。

いっそ山谷を締め上げたい気もするが、不用意に動くのは賢明ではない。とにかく、明日、清水区と名古屋に行ってみよう。

竜崎は電話を切り、ミラーで後続車の位置を確認した。

第三章　陰謀地獄

1

埠頭《ふとう》が見えてきた。

清水港だ。貨物船が数隻、接岸中だった。

海は鈍色《にびいろ》にくすみ、水平線は霞んでいる。昼下がりだ。

竜崎は車の速度を落とした。

清水区辻三丁目だった。埠頭寄りに倉庫ビルが点在している。あちこちにフォークリフトが見えた。

光洋海運の本社ビルは、そんな一画にあった。

七階建てだった。外壁は薄茶の磁器タイル貼りだ。

ビルの表玄関は、シャッターで閉ざされていた。人のいる気配はうかがえない。

竜崎はビルの前に車を停めた。

外に出たとき、ちょうど自転車に乗った中年の男が通りかかった。男は、倉庫会社名の入ったオレンジ色の作業服を着ていた。

「ちょっとお訊《き》きします」

竜崎は会釈《えしゃく》して、男に声をかけた。

男が近くに自転車を停めた。サドルに跨《また》がったまま、人の好《よ》さそうな顔を向けてきた。

「光洋海運は倒産したんですか？」

「そうらしいよ。三、四日前から、誰もおらん。株で大損して、借金だらけだったって話だね。あんた、債権者かい？」

「ええ、まあ」

竜崎は話を合わせた。

「いくら貸しとったたん？」

「たいした額じゃないんですがね……」

「そしたら、もう諦《あきら》めたほうがいいずら。社長があんなふうになったら、おそらく再建はでききんら」

男が方言混じりに言った。

「郷原社長がどうかしたんですか？」

「あんた、呑気《のんき》やな。ここの社長は急に呆《ぼ》けて、病院に入ってるそうら」

「どこの病院かわかります？」

「青葉総合病院ずら、清水区役所裏の」

「このビルは銀行に押さえられたんですかね？」

「噂によると、東京のリゾート開発会社のものになったって話ずら。確か『フロンティア・コーポレーション』って社名だったたね」

「そうですか」

竜崎は顔には出さなかったが、内心の驚きは大きかった。

そのリゾート開発会社は、山谷グループの一企業だった。やはり、郷原と山谷は何かで繋《つな》がっていたのだ。

「もう時間がないんら」

男が腕時計を覗き込み、慌《あわ》ててペダルを漕ぎはじめた。

竜崎は男に礼を言い、車に乗り込んだ。埠頭でUターンし、市街地に向かう。数分走ると、市街地に出た。

青葉総合病院は造作なく見つかった。市街地の目抜き通りに面していた。モダンな造りの病院だった。

郷原は入院病棟の六階にいた。

特別室ではなく、四人部屋だった。面識はなかったが、竜崎は写真で郷原の顔を知っていた。見れば、すぐにわかるだろう。

郷原は窓寄りのベッドにいた。

上体を起こし、ぼんやりと外の風景を眺めていた。白いものの目立つ頭髪は寝癖がついて、ぼさぼさに乱れている。

竜崎は債権者になりすまして、郷原のベッドに歩み寄った。

「社長、少しは誠意を示してくださいよ」

「ん？」

郷原が緩慢《かんまん》な動作で振り向いた。

目と目が合った。しかし、郷原の表情にはなんの変化も生まれなかった。夢遊病者のように無表情だった。

竜崎は、さらに語りかけた。それでも、郷原は意味不明の短い呟きを洩らしただけだった。

「郷原さんは、こっちがちょっとね」

隣のベッドに横たわっている六十五、六歳の男が自分の頭を指でつつきながら、声をひそめて言った。

「アルツハイマー型の認知症ですか？」

「いや、そうじゃないようですよ。看護師さんの話によると、故意に誰かに廃人《はいじん》にさせられたとか。頭蓋骨に小さな穴を開けられて、何かで前頭葉《ぜんとうよう》を破壊されてしまったらしいんですよ」

「それで思考力がなくなって、痴呆症患者のようになってしまったのか」

「ええ、そうらしいんですよ」

「郷原さんは、いつごろから入院してるんです？」

「二週間ぐらい前でしたかね」

「そうですか」

「郷原さんに掛け合っても、埒《らち》が明かないですよ。洗面所で奥さんが小物の洗濯をしてるから、そっちに行ってみたら？」

「そうします。ご親切にどうも！」

竜崎は病室を出て、長い廊下を進んだ。

共同洗面所は、手洗いのそばにあった。四十八、九歳の女がハンカチやタオルを手洗いしていた。小柄で、痩せている。

それが郷原の妻だった。竜崎は債権者を装って、彼女に訊いた。

「光洋海運の本社ビルが、東京の山谷グループの傘下企業に押さえられたって話は本当なんですか？」

「はい。本社ビルは『フロンティア・コーポレーション』という会社に……」

郷原の妻がそう言って、うなだれた。

「てっきり銀行さんが一番の大口債権者だと思ってましたがね」

「第一抵当権を設定してたのは、五井銀行さんだったんですよ。でも、主人の話によると、『フロンティア・コーポレーション』が銀行からの借入金の弁済を肩替わりしてくれたらしいんです。それで、土地と建物の所有権がその会社に移ったんです」

「山谷グループのトップは、昔、都心の地上げで大儲けした人物だったんじゃないかな」

　竜崎は空とぼけて、誘い水を撒《ま》いた。

「ええ、山谷義信って男です」

「郷原さんは、その山谷って人物と昔からつき合いがあったんですか？」

「いいえ。ある方のご紹介で、ほんの一年ほど前から交際するようになったんです」

「紹介者は、政治家か財界人ですか？」

「もっと荒っぽい世界の方です」

　郷原の妻は言ってから、すぐに悔やむ顔つきになった。

　竜崎は察しがついた。郷原は、衣笠組の組長と繋《つな》がりが深い。おおかた組長が、郷原を山谷に引き合わせたのだろう。

　これで、郷原と山谷の結びつきがはっきりしたわけだ。二人は結託して、現金輸送車を襲うことを画策したのではないのか。

これまでの流れを整理すると、そう推測しても不自然ではない。とはいえ、依然として謎だらけだった。山谷は、邦人誘拐と関わっているのか。その陰謀に郷原は加わっているのか。誰が郷原を廃人同様にしたのだろうか。

「主人は、山谷に騙《だま》されたんですよ」

郷原の妻が極《き》めつけるように言った。

「騙された？」

「ええ、おそらくね。山谷って男は最初っから、主人の会社の土地と建物、それから持ち船を乗っ取るつもりだったんだと思うわ」

「乗っ取りとは穏《おだ》やかな言葉じゃないな。何か根拠があるんですか？」

竜崎は問いかけた。

「確かな根拠があるわけじゃないんですけど、山谷がやってることはとても不自然なんですよ」

「どう不自然なんです？」

「山谷グループも借金だらけなのに、どこかでお金を工面《くめん》してきて、五井銀行からの借金を肩替わりしてくれたんです。それも三億八千万円という巨額です」

「奥さんは、山谷が何か企んでると考えてるんですね？」

「はっきり言って、そう思ってます。何か下心がなければ、普通はそこまではしませんよ。昔っからの友人ってわけではないんですから」

「山谷は何を狙ってるんだろう？」

「きっと市の道路拡張計画のことをどこかで聞きつけたんだと思うわ。本社ビルの敷地の約三分の二が、新道路になるらしいんです」

「行政関係の強制立ち退《の》きなら、地価相場の三、四倍の値で買い上げるだろうな。上物《うわもの》が築後十年未満なら、その分も当然、上乗せされます。本社ビルの敷地は、どのくらいあったんでしたっけ？」

「約八百坪です」

「だったら、かなりまとまった立ち退き料が入るな」

「山谷は、それを狙ってるんですよ。現に、あの男はどんな手段を使ったのか知りませんけど、光洋海運のボロ船を自分の会社の名義にすると、すぐにインドネシアと香港の船会社にいい値段で売却してるんです。きっと先方の弱みでもちらつかせて、強引に売りつけたんでしょう」

郷原の妻が恨みがましい口調で、長々と喋った。

「奥さんの言う通りだとしたら、山谷グループのトップも相当な悪党だな」

「山谷は計画的に主人を嵌《は》めたんだと思うわ。あいつは主人を違法カジノに誘い込んで、七千五百万円も負けさせたんです。おそらく山谷は賭場を仕切ってる暴力団とつるんでて、何か細工を仕掛けさせたんでしょう。いくらなんでも、たった一晩で七千万円以上も負けるなんて、常識じゃ考えられないもの」

「ラスベガスのカジノじゃ、何十億も負ける客が何人もいるそうですよ」

「それとは、スケールが違いますよ。主人が遊んだ違法カジノはディーラーがひとりしかいない所だったらしいの」

「だったら、カモにされたのかもしれないな。その借金は、どうしたんです？」

「山谷が肩替わりしてくれたという話でした」

「まさか無償で借金を立て替えてくれたわけじゃないんでしょ？　郷原さんは、どんな見返りを要求されたのかな？」

竜崎はそれほど関心のなさそうな表情を繕《つくろ》って、努めて平静に訊いた。

「そのことについては主人は何も言わなかったけど、当然、それなりの代償を求められたと思いますよ」

「でしょうね」

「要求されたのは、お金じゃなかったんだと思います。法人資産はもちろん、主人名義の不動産はどれも担保物件として金融機関に押さえられてますから、換金できませんもの」

郷原の妻がそう言い、長い溜息をついた。

山谷は立て替えた七千五百万を帳消しにする条件で、郷原に現金輸送車を襲わせたのではないのか。むろん、郷原は自分の手を直《じか》に汚すようなことはしなかった。衣笠組を通じて、三人組を雇ったのだろう。

竜崎は確信を深めた。

そう推測すると、郷原が駒として使われたことが納得できる。山谷は京和銀行から奪った四億円のほとんどを自分の懐に入れたにちがいない。

郷原は捜査の手が自分に伸びることを恐れて、増永や『三友ファイナンス』のダミー社長を衣笠組の組員に始末させたのだろう。

その後、山谷との間で何らかのトラブルがあったのではないのか。その結果、郷原は山谷に廃人に近い体にされてしまった。山谷は、それで保身を図《はか》ったと思われる。

竜崎はそこまで考え、大事なことに気づいた。

素人が郷原の前頭葉を麻痺させることなどできない。郷原にロボトミー手術めいた細工をしたのは、現役の医師か元ドクターだろう。

逆に考えれば、山谷が病院関係者と結びついている証《あかし》を得たことになる。

野上も竹下奈央も麻酔で眠らされ、海に投げ棄《す》てられている。それらのことを考え併《あわ》せると、山谷義信が一善会病院と何らかの関わりがあることは間違いない。

「こんな状態ですから、まだしばらく債権者の方々にご迷惑をかけることになると思います。弁護士さんと相談して、少しでも誠意を示すつもりですので、どうかお時間を……」

「それじゃ、もう少し待ちましょう」

竜崎はもっともらしく言って、大股で歩きだした。いくらか後ろめたかった。

病院を出ると、竜崎は車を清水ＩＣ《インターチエンジ》に走らせた。東名高速道路をひたすら西下する。

名古屋に着いたのは、夕方だった。

一善会病院は名古屋駅から車で十分ほどの場所にあった。ホテルのような建物だった。

竜崎は車を降りると、事務室に直行した。

週刊誌の記者に化けて、応対に現われた事務長に偽の名刺を渡す。その名刺には、実在の大手出版社名が刷り込んであった。むろん、姓名はでたらめだ。

「竹下奈央さんのことで取材をさせてもらいたいんですがね」

「理事長のお達しで、マスコミの取材にはいっさい応じられないことになってるんですよ。お引き取りください」

五十三、四歳の事務長が名刺を突き返し、奥に歩み去った。取りつく島もない感じだった。

竜崎は苦笑して、事務室を眺め回した。

そのとき、パソコンに向かっていた女子事務員と視線が交わった。やや派手な感じの女だった。二十三、四歳か。どことなくコケティッシュだった。

竜崎は鷹のような鋭い目をできるだけ和《なご》ませ、その女に笑いかけた。相手がほほえみ返してきた。髪型はセミロングだった。

——あの娘《こ》から、なんとか話を聞き出すか。

竜崎は事務室を出て、レクサスに戻った。

車の中で数十分待つと、さきほどの女が通用口から現われた。私服だった。

竜崎は車を降り、女に近づいた。

「きみを待ってたんだよ」

「あなた、週刊誌の記者なんでしょ？　マスコミ関係の人たちとは話をしちゃいけないことになってるの」

「取材は、もう諦《あきら》めたんだ。迷惑じゃなかったら、名古屋を案内してくれないか。今夜は、こっちに泊まるつもりなんだよ」

「それって、ナンパなのかしら？」

女が小声で言い、いたずらっぽい目をした。

「そう受け取ってもらってもいいよ。きみみたいなチャーミングな娘《こ》を誘わない手はないからな」

「中年って、口がうまいんだから。お茶ぐらいだったら、つき合ってもいいわ。だけど、ここであなたの車に乗るのはちょっと問題ね」

「それなら、二、三百メートル先で待ってるよ」

竜崎は車に乗り込み、すぐにスタートさせた。

病院から数百メートル離れた場所で、女子事務員を待つ。

数分経つと、彼女がやってきた。竜崎は女を助手席に乗せ、ふたたびレクサスを走らせはじめた。女が名乗った。

「わたし、草柳《くさやなぎ》千春《ちはる》です」

「おれは富樫《とがし》だよ」

竜崎は偽名刺の名前を騙《かた》った。

「わたしがよく行ってるティー&レストランでいいかしら？　そこ、お酒も飲めるの」

「なら、その店に案内してくれないか」

「オーケー」

千春が道案内しはじめた。

表通りを七、八分走ると、千春の馴染みらしい店があった。ドライブインのような造りだった。

二人は店に入った。

インテリアが洒落《しゃれ》ている。白と黒のコントラストが利いていた。テーブルと椅子は真っ黒だった。天井、壁、床はオフホワイトだ。

客は若いカップルが多かった。

竜崎たちは、中ほどの席についた。

ウェイターがオーダーを取りにきた。千春は料理のメニューを覗き込んでいたが、竜崎は勝手にビールと数種のオードブルを注文した。

二人はビールを飲みながら、しばらく雑談を交わした。

千春の頬が桜色に染まったころ、竜崎はさりげなく切り出した。

「竹下奈央は、外科の看護師だったんだよな？」

「狡《ずる》いわ。取材は諦めたって言ってたじゃないの。もしかしたら、初めっから取材が目的だったんじゃない？」

「そんなつもりじゃなかったんだ。しかし、このまま東京に戻ったら、編集長に怒鳴られちまうしな」

「困るわ、わたし」

「救《たす》けてくれよ。きみに迷惑はかけない。なんだったら、謝礼を出してもかまわないんだ」

「謝礼って、どのくらい貰えるわけ？」

千春が小声で言って、探《さぐ》るような眼差しを向けてきた。まんざら話が通じない相手ではなさそうだ。

「三万じゃ、不服かい？」

「そんなに貰えるんだったら、協力しちゃう。今月は、ちょっとピンチなのよ」

「よし、話はまとまった。まず竹下奈央の男性関係を知りたいな」

竜崎はラークに火を点けた。

「彼女、そっちのほうは晩生《おくて》だったみたいよ。そういう噂は、まったく聞かなかったもの。多分、彼氏もいなかったんじゃないかな」

「千種区《ちくさ》のアパートに住んでたようだね？」

「ええ、前は妹さんと一緒にね。妹さんは三つ下で、名古屋の駅前デパートに勤めてるの」

「前はって、最近は『静岡日報』に載《の》ってた住所には住んでなかったわけか」

「千種区のアパートには、月に一回ぐらいしか戻ってなかったみたいよ。いつか街で妹の郁恵《いくえ》さんにばったり会ったとき、そう言ってたもの」

「ふだんは、どこに？」

「竹下さんは五カ月前から、うちの病院の附属病理研究所に出向《しゅっこう》してたのよ。研究所には寮があるの」

　千春が言って、鮭のマリネを口の中に入れた。赤い唇の動きが妙になまめかしかった。

「その研究所では、どんなことをしてるんだい？」

「詳しいことはよくわからないけど、主に細菌の研究をしてるそうよ」

「竹下奈央は、そこでどういう仕事をしてたんだろう？」

「動物実験の手術なんかに立ち会ってたみたいね。彼女、病院にいるときは外科手術にちょくちょく駆り出されてたの。それで、研究所に回されたんじゃないのかな」

「その病理研究所は、名古屋市の郊外にあるの？」

「ううん、静岡県の山の中よ。確か住所は、駿東郡長泉町《すんとうぐんながいずみちょう》だったわ。でも、わたしは一度も行ったことがないの」

「研究所には、どのくらいのスタッフがいるんだい？」

「ドクターが四、五人で、ナースも三、四人いるはずよ」

「なんだかアバウトな答え方だな」

　竜崎は小さく苦笑し、短くなった煙草の火を灰皿の中で揉み消した。

「研究所のことは病院の職員たちも、あまりよく知らないのよ。研究所のことを話題にすると、事務長がいい顔をしないの」

「それは、なぜなんだろう?」

「学会が引っくり返るような研究論文を発表するとかで、あまり部外者には知られたくないことがあるみたいよ」

「それにしても、なんか秘密めいてるな」

「ええ、ちょっとね」

千春があっけらかんと言い、ビールを呷《あお》った。

「病院にいるときの竹下奈央の評判は、どうだったんだい?」

「みんなに好かれてたわよ。彼女、優しかったし、仕事にも意欲的だったから」

「なのに、なんであんな惨《むご》い殺され方をしたのかな?」

「それが謎なのよね。彼女が誰かに恨まれてたとは思えないし……」

「奈央が麻酔ガスを嗅がされてから、海に投げ棄てられたことは知ってるよね?」

「もちろん、知ってるわ。事件のことは、地元の新聞やテレビで派手に報道されたもの」

「犯人は医療関係者に絞れると思うんだよ」

竜崎は言った。

「職場でも、そのことが話題になったんだけど、誰も犯人に思い当たらなかったの」

「そう。奈央の実家は、愛知県下にあるのかな?」

「ううん、彼女は岐阜県出身だったの。実家は岐阜羽島《はしま》にあるんじゃなかったかな。妹の郁恵さんに会って、正確な住所を教えてもらったら？」

「そうしよう」

「取材は、これでおしまいよ。約束のお金を貰える？」

「後で渡すよ」

「いま、貰いたいんだけど」

「しっかりしてるな」

「おみゃあさん、ここは名古屋だに。とろくせえことしとったら、泣きをみるでよ。お金、早く出してちょ！」

千春がおどけて名古屋弁で言い、右手を差し出した。

竜崎は微苦笑し、約束の謝礼を渡した、千春がそれをプラダのバッグに仕舞い込み、ウェイターを呼んだ。勝手にフィレステーキを頼み、彼女は残りのビールを飲み干した。

――こんな娘《こ》をホテルに誘い込んだら、プロの女より高くつきそうだ。今夜はおとなしく寝て、明日の朝、奈央の妹に会いに行こう。

竜崎は、千春のグラスにビールを注ぎはじめた。

2

新興の住宅街らしい。

だが、首都圏の郊外とはたたずまいが異《こと》なる。

ところどころに畑があり、どことなく長閑《のどか》だった。竜崎は徐行運転しながら、家の表札を一軒一軒確かめていた。この近くに、竹下奈央の実家があるはずだ。

まだ正午前だった。天気はよかった。

昨夜は名古屋駅のそばにある高層ホテルに泊まり、今朝十時過ぎに竹下郁恵の勤務先を訪れた。しかし、殺された奈央の妹はまだ休みを取っていた。

千種区のアパートには、いなかった。管理人に実家の住所を教えてもらい、名古屋から車を飛ばしてきたのだ。

不意に数軒先の家から、二人の男が出てきた。

竜崎は、反射的にブレーキペダルを踏みつけた。二人連れのひとりは、第三海保の畑正隆だった。

連れの男には見覚えがなかった。まだ二十八、九歳だろう。二人とも私服だった。

竜崎は顔を伏せた。

畑は竜崎に気がつかなかった。相棒と肩を並べて逆方向に歩きだした。

竜崎は、ほっとした。いまは畑と顔を合わせたくなかった。竜崎は、何が何でも自分の手で野上を殺した犯人を捜し出す気でいた。

畑たちが出てきた家が、奈央の実家にちがいない。

上目遣《うわめづか》いにフロントガラスの向こうを見る。いつの間にか、畑たちの後ろ姿は消えていた。最初の四つ角をどちらかに曲がったのだろう。

竜崎は車をゆっくりと走らせた。

やはり、畑たちが出てきた家が奈央の実家だった。

ごくありふれた二階家だ。門柱にのしかかるように寒椿が枝を大きく伸ばしている。赤い花が妙に生々しい。

竜崎は車を降り、すぐにインターフォンを鳴らした。

ややあって、玄関のガラス戸が開いた。

現われたのは若い女だった。目鼻立ちがくっきりとしているが、どこか面差《おもざ》しに稚《おさな》さを留《とど》めている。奈央の妹だろう。

「失礼だけど、奈央さんの妹さんかな?」

竜崎は先に口を開いた。

「はい、郁恵です。あのう、どなたでしょうか?」

「鈴木という者です」

竜崎は偽名を使い、言い重ねた。

「去年の春に一善会病院で胆石の手術をしたんだけど、そのときに奈央さんに世話になったんですよ」

「そうですか」

「二、三日前に転勤先の札幌から戻ってきて、お姉さんが亡くなったことを知ったんです。それで、お線香をあげさせてもらおうと思ってね」

「それは、わざわざありがとうございます。どうぞお入りください」

郁恵は少しも怪しまなかった。

竜崎は家の中に入った。奥の仏間に通される。立派な仏壇の前に小さな卓があった。骨壺は、その上に置かれていた。遺影の前には供物《くもつ》が並んでいる。花も多かった。

竜崎は予《あらかじ》め用意しておいた香典を捧げ、線香を手向《たむ》けた。

故人とは会ったこともないのに、胸の奥がかすかに疼《うず》いた。若死にした奈央に哀れさを感じたのだろうか。

郁恵は、すぐそばに正坐していた。合掌を解《と》くと、竜崎は郁恵の方に向き直った。

「お家の方は？」

「父と母はお寺にご挨拶に出かけてしまったんです」

「お姉さんのようないい人が、なんだってこんなことになったんだろうね」

「寿命だったと諦《あきら》めるしか……」

郁恵が湿った声で呟き、下を向いた。

「海上保安部や警察は、もう犯人の目星《めぼし》をつけたんだろうか」

「さっき横浜の第三海上保安部の方たちが来られたんですけど、まだそこまでは捜査が進んでいないというお話でした」

「そう。きのう、一善会病院の事務の方に教えてもらったんだけど、お姉さんは五カ月ぐらい前から附属の病理研究所に出向してたんだってね？」

「そうなんです」

「研究所で何かあったんだろうか」

竜崎は極力《きよくりよく》、何気ない口調で言った。

「姉は向こうでのことは、ほとんど喋ろうとしなかったんです」

「出向してから、何か変わったことは？」

「研究所に移ってから、姉は何かで悩んでいるようでした。それから、急にお金回りがよくなったみたいです。わたし、姉が何か悪いことをして、給料以外のお金を得てたんじゃないかと……」

郁恵が、また下を向いた。

「悪いことというと、たとえば、どんなことなのかな？」

「必ずしも悪いこととは言えないのかもしれませんけど、わたし、姉が研究所のドクターか誰かの愛人になったんじゃないかと……」

「それで相手からお手当てを貰うようになったんで、急にリッチになったんじゃないかというわけだね？」

「ええ、なんとなくそんな気がしてるんです。もしかしたら、姉は相手の男性に強く結婚を迫ったために殺されることになったのかもしれません。姉には一途《いちず》なところがあったんです」

「お姉さん、日記か何かつけてなかった？」

竜崎は脚を崩しながら、郁恵に訊いた。

「わたしとアパートで暮らしてるときは毎晩、日記をつけてました。だから、研究所でも書いてたと思うんですが、一善会病院の事務長さんが届けてくれた姉の荷物の中には日記帳はありませんでした」

「思うところがあって、お姉さん自身が日記帳を処分したんだろうか。いや、おそらく犯人がお姉さんを殺した後、燃やすか何かしたんだろう」

「そうかもしれませんね」

「となると、犯人は病理研究所の中にいそうだな」

「誰が、いったい姉を……」

郁恵が涙ぐんだ。

「お姉さんの交友関係はそう広くなさそうだから、近々、犯人は捕まると思うよ」

「それを家族で願ってるんですけど」

「早く奈央さんが成仏《じょうぶつ》できるといいね」

竜崎は郁恵を慰め、静かに立ち上がった。

郁恵に見送られ、表に出る。竜崎は郁恵が家の中に引き揚げてから、レクサスに近づいた。

ドアのロックを解《と》いたとき、誰かに肩を叩かれた。

敵か。竜崎は身構えながら、素早く振り返った。

すると、畑が立っていた。連れの姿はなかった。

「おれに気がついてたのか……」

「車でわかったんですよ。で、相棒を先にバス停に行かせて、ここに戻ってきたってわけです」

「役者だな、きみも」

「竜崎さん、この事件《ヤマ》に首を突っ込むのは遠慮してください」

畑が真面目な顔で言った。

「捜査の邪魔をした覚えはないがな」

「ええ、それはありません。しかし、あなたが危険ですよ！」

「忠告は拝聴しておくが、おれもズブの素人ってわけじゃない」

「それはわかってます」

「おれは早く野上を成仏させてやりたいんだ。目障《めざわ》りだろうが、おれの好きなようにさせてくれないか」

「あなたって人は……」

「捜査はあまり進展してないようだな」

「順調に進んでますよ」

「もう少しうまく嘘をつけよ。顔に焦《あせ》りの色が出てるぜ。どうだい、共同戦線を張らないか？」

竜崎は冗談半分に言った。

「そうもいきませんよ、立場上ね。しかし、知らない仲じゃないから、一つだけ情報《ネタ》を提供しましょう」

「そいつはありがたいね。どんな情報なんだい？」

「竹下奈央は、伊豆の初島沖《はつしまおき》で海中に投棄されました。夜釣りをしてた老漁師が、その瞬間を目撃してたんですよ」

「ちょっと待った！　奈央の死体は駿河湾で発見されたはずだぞ」

「潮の具合で、相模湾から駿河湾に流されたんです」

「そういうことか。その目撃者は、犯人の顔を見てるわけだな？」

「それが、暗くて顔はよく見えなかったらしいんですよ。ただ、犯人が二人の男だということははっきりしてます」

「そいつらは、どんな船に乗ってたんだ？」

「真鶴港《まなづるこう》で盗まれた十数トンの漁船です。ほかに手がかりはありません」

「そうか。きみは当然、奈央の剖見書《ぼうけん》にも目を通してるよな？」

「もちろん、見ました」

「奈央は男を識《し》ってる体だった？」

「いや、それが驚いたことに処女だったんですよ。いまどき珍しい話ですがね。しかし、なんでそんなことを……」

畑が訝《いぶか》しそうに言った。

「おれは、愛情の縺《もつ》れで奈央が殺されたんじゃないかと思ってたんだよ。しかし、バージンだったんなら、痴情の線は考えられないな」

「竜崎さん、あなたは何か摑んでますね。被害者《ガイシャ》の妹から、何を探り出したんです？」

「おれは線香をあげて、ただ世間話をしてきただけだよ」

竜崎は空とぼけた。

「喰《く》えない人だ」

「野上のほうの捜査も難航してるようだな」

「ええ、残念ながらね。これから竜崎さんはどちらに？」

「郡上八幡《ぐじょうはちまん》でも回って、東京に戻るよ」

「おとぼけだな。どうせ一善会病院のあたりをうろつくんでしょうが、われわれの邪魔をしないでくださいよ」

「なるほど、きみらは一善会病院に行くわけか」

「あっ、いっけねえ！」

畑がスポーツ刈りの頭に手をやって、駆け足で遠ざかっていった。

竜崎は車に乗り込み、すぐにスタートさせた。最寄《もよ》りのインターチェンジで名神高速道路に入り、そのまま東名高速道路を進んだ。

一善会病院附属病理研究所に行くつもりだった。

高速回転で、レクサスのエンジンを痛めつづけた。アラームは、ほとんど鳴りっ放しだった。沼津ＩＣで高速を降り、駿東郡長泉町をめざす。

市街地を抜けると、だんだん家の数が少なくなってきた。

病理研究所は、山の中にあった。あたりに民家は一軒もなかった。畑も見当たらない。研究所のある場所だけが切り拓《ひら》かれ、平坦地になっている。その周囲は手つかずの山林だった。

研究所の敷地は広かった。

公立中学校ほどのスペースはある。奥まった場所に、四階建ての肌色の建物がそびえていた。鉄筋コンクリート造りだ。

竜崎は車を側道《そばみち》に隠し、静かに外に出た。

まだ充分に明るい。林の中に身を潜《ひそ》め、双眼鏡に目を当てる。

高い金網が張り巡らされ、ところどころに電線が見えた。どうやら高圧電流で、侵入者を撃退する仕組みになっているらしい。

竜崎はレンズの倍率を上げた。

研究所の建物が、ぐっと迫ってきた。

窓を一つずつ覗いていく。二階の一室に、白衣をまとった男たちの姿があった。

三人だった。そう若い男はいない。三、四十代の男ばかりだ。医療機器や試験管の類《たぐい》が見えるが、何をしているのかはわからなかった。

別の窓からは、実験に使われるらしい小動物の檻《おり》が見えた。その隣の部屋には、数人の看護師がいた。

竜崎は林の中を抜き足で歩き、建物の裏側に回った。

そこには、十台近い乗用車が駐《と》めてあった。一台を除き、どれも埃《ほこり》を被《かぶ》っている。研究所にいる者は、めったにフェンスの外に出ないらしい。食料や生活必需品は、すべて外から運び込まれているようだ。

殺された竹下奈央は、ここでどんな暮らしをしていたのか。

竜崎はそう思いながら、建物を回り込んだ。

ちょうどそのときだった。空から、かすかなローター音が響いてきた。

慌《あわ》てて竜崎は、太い樹木の幹《みき》にへばりついた。頭上から、自分の姿を発見される恐れがあったからだ。

ヘリコプターの爆音がはっきりと近づいてくる。

どうやら機は、この研究所の庭に舞い降りるらしい。一善会病院の職員が、研究所員たちの日用雑貨品でも届けにきたのか。

竜崎は、じっと動かなかった。

大型ヘリコプターが広い内庭に着地した。フランス製だった。回転翼が土埃《つちぼこり》を捲《ま》き上げている。一瞬、機体が見えなくなった。

土煙がたなびきながら、ゆっくりと拡散《かくさん》していく。

だが、新《あら》たな埃が地面から立ち昇る。回転翼は停止しなかった。パイロットが上体を捻《ひね》って、後部座席にいる白衣の男に何か告げた。

竜崎は双眼鏡を覗いた。

男たちの唇の動きを読むつもりだった。だが、すでに短い遣《や》り取りは終わっていた。

白衣の男が腰をこころもち浮かせ、スライドドアを開けた。

そのとき、建物の中から白衣をまとった男が走り出てきた。四十代の半ばだろうか。

その男は、筒型のクーラーを持っていた。

ヘリコプターの後部座席にいる男が、クーラーを大事そうに受け取った。クーラーを渡した男が何か指示を与え、あたふたと機から離れた。スライドドアが閉ざされる。

ほどなくフランス製のヘリコプターが、ふわりと舞い上がった。

機は斜めに上昇し、茜色《あかねいろ》に染まりかけている夕空の彼方に消えた。庭にいた白衣の男も、いつの間にか失《う》せていた。

クーラーの中身は血清か、実験用動物の臓器だったのかもしれない。

竜崎は注意深く周囲をうかがいながら、高い金網に近寄った。

フェンスに沿って、靴の跡が残っていた。大人の足跡だ。枯れた下生《したば》えも、ところどころ踏みにじられている。

――おれと同じように、誰かがこの研究所を調べに来たようだな。ひょっとしたら、ここで何か危《ヤバ》いことが行われてるのかもしれない。

竜崎はしゃがみ込み、足許の枯れ草を手で掻き分けた。

と、煙草の吸殻が土の中に突っ込んであった。ショートホープだった。

竜崎は体が熱くなった。殺された野上は、ショートホープを愛煙していた。フィルターを見ると、歯の痕がくっきりと残っていた。野上には、フィルターを噛む癖があった。野上が、ここに来たことは間違いない。

竜崎は、戦慄に似た心の震えを覚えた。

次の瞬間、脳裏に臓器移植という文字が浮かんで消えた。

臓器移植と医師免許を剝奪された者たちは、一本の線で繫がっているのだろうか。繫がっているとしたら、この研究所のどこかで闇の手術が行われているのかもしれない。

——いや、違うな。さっきのクーラーの中身は、おそらく人間の臓器だったんだろう。とすると、ここでは脳死者か生体からの臓器摘出をしてる可能性が……。

竜崎は身震いした。

その直後だった。突然、どこかで犬が吼《ほ》えた。

竜崎は急いでフェンスから離れ、林の奥に駆け込んだ。樹木の陰に隠れ、息を殺した。

少し経つと、建物の陰から大型犬が走り出てきた。

イングリッシュ・ポインターだ。体毛は、白と茶のぶちだった。

猟犬が狂ったように前肢《まえあし》でフェンスを掻きながら、烈《はげ》しく吼えたてた。距離は三十メートルほど離れている。

しかし、竜崎は気が気ではなかった。

猟犬の嗅覚は、きわめて鋭い。はるか遠くにいる獲物の体臭をたやすく嗅ぎ取ることができる。

竜崎は人差し指の先を舐《な》め、風向きを調べた。幸運にも、自分のいる場所は風下《かざしも》だった。

ポインターの鳴き声を聞きつけ、建物から剃髪頭《スキンヘッド》の男が飛び出してきた。三十歳前後だった。ひと目で暴力団の組員とわかる風体《ふうてい》だ。

男は、銃身を短く切り詰めた水平式二連銃を握っていた。レミントンだろう。

――ヤー公がガードをしてるようじゃ、ここはまともな研究所じゃないな。おおかた臓器摘出の秘密手術所なんだろう。

竜崎は息を詰めながら、心の中で思った。

「ボビー、誰もおらんじゃなあきゃ」

スキンヘッドの男が苦笑しながら、名古屋弁で言った。

だが、ポインターは吼え熄《や》まない。それどころか、一段と高く吼えまくりはじめた。

「とろくせえ犬だわ。おみゃあ、野鳥でも見たんじゃなあきゃ?」

男がうんざりした顔で言い、さっさと建物の中に引きこもってしまった。

猟犬はさらに数分吼《ほ》えたててから、ゆっくり走り去った。

危ないとこだった。暗くなるまで動かないほうがよさそうだ。

竜崎は、ひとまず胸を撫で下ろした。

そのときだった。

研究所の中から、馴染《なじ》みのない祈り声がかすかに流れてきた。竜崎は耳をそばだてた。それは、イスラム教の祈禱《きとう》だった。

ひとりの声ではない。数人がアラーの神に祈っている。男の声ばかりだった。

首都圏で何者かに拉致された不法残留のイラン人たちが、研究所のどこかに監禁されているのか。それとも、男たちは自らの内臓を売る目的で所内に留《とど》まっているのか。

アジアやアフリカの貧しい者たちが、自分の臓器を先進国で金に換えることは決して珍しくない。

逆に言えば、それだけ他人の臓器を欲しがっている内臓疾患者《しっかんしゃ》が大勢いるわけだ。そうした病人の中には他人の内臓を移植してでも、生き長らえることを望む者もいる。

欧米人の多くは、脳死を人間の死と捉《とら》えている。

したがって、自らの臓器を脳死後に他人に与えることは当然と考える者が多い。実際、運転免許証と一緒にドナーカードを持ち歩いている。また、彼らは他人の臓器を譲り受けることにもなんの拘《こだわ》りも抱いていない。

しかし、死生観の異《こと》なる日本人はまだそこまで合理的な考え方はできないようだ。臓器移植法が施行されたのは、一九九七年十月十六日のことである。それで脳死者からの心臓、肝臓、腎臓、肺、膵臓《すいぞう》、小腸を合法的に移植できることになったわけだが、臓器提供者《ドナー》はきわめて少ない。

それは、臓器移植法に厳しい条件がつけられているからだ。たとえば、臓器提供の意思表示は、遺言を残すことのできる十五歳以上の者と定められている。これでは、臓器提供者と体格を合わせることが必要な子供への心臓移植はできない。

そんな具合だから、闇の手術を切望する移植患者《レシピエント》もいるはずだ。日本や東南アジアのリッチな移植患者たちを相手にすれば、臓器の密売と非合法手術は充分に商売になる。

この研究所の連中は、拉致してきた不法残留のイラン人たちの生体や脳死体から肝臓や腎臓を抉《えぐ》り取っているのではないか。

竜崎は、そんな気がしてきた。

身の毛のよだつような想像だが、これまでに調べ上げてきた事柄を繋ぎ合わせると、あり得ないことではなかった。

実際にメスを執《と》っているのは、なんらかの理由で資格を失った元外科医たちだろう。

その連中は高収入に釣られて、臓器の摘出や闇の移植手術を引き受ける気になったにちがいない。

野上は株でしくじった元長者たちを取材してて、この恐るべき事実を摑んだのだろう。

竜崎は、錯綜《さくそう》する連続殺人事件の真相を暴《あば》く手がかりを摑んだ気がした。

だが、まだ陰謀の輪郭《りんかく》が透《す》けてきたにすぎない。

山谷義信は郷原勇を巧みに罠《わな》に嵌《は》め、京和銀行から四億円を強奪させ、その後に光洋海運の土地と持ち船を手に入れた。利用価値のなくなった郷原は哀れにも前頭葉を破壊され、廃人のようにさせられてしまった。

山谷は、そういう形で郷原の口を封じ、自分の悪巧《わるだく》みが露見することを防いだ。たいした悪党だ。魚住康範が何か後ろ暗いことをしている気配もうかがえる。

野上や竹下奈央は魚住の命令で消された疑いが濃い。また魚住は、臓器の密売や闇の移植手術をさせているようだ。

山谷と魚住は、それぞれが黒い野望を燃やしているのか。

そうではなく、一見なんの関連もない二人が裏で手を組んでいるのだろうか。そうだとしたら、彼らの最終の狙いは何なのか。

そのあたりのことは、皆目《かいもく》わからなかった。

竜崎は、研究所をもっと深く探《さぐ》ってみる気になった。

そこから、何かが見えてくるかもしれない。竜崎は遠回りしながら、レクサスに戻った。夜になったら、ふたたび研究所に接近するつもりだった。

3

闇が深い。

そのせいか、星の瞬《また》きが鮮明だ。

午後九時を回っていた。病理研究所の窓は、まだ明るかった。

竜崎は、側道に駐《と》めた車の中にいた。

研究所の電灯があらかた消えたら、所内に忍び込む気でいる。トランクルームには、ニッパーや絶縁手袋《ぜつえんてぶくろ》などが入っていた。

携帯電話が着信音を発した。

着信音は、やけに大きく聞こえた。『リスク・リサーチ』の軽部からだろう。数時間前に、魚住康範に関する詳しいデータの収集を頼んであった。モバイルフォンを耳に当てる。

「きみの勘は当たってたよ。魚住は好景気のころに株で大火傷《おおやけど》をしてるね」

軽部が、のっけに言った。

「やっぱり、そうでしたか」

「約一千六百億円のマイナスを出してたよ。証券会社の補塡《ほてん》がなかったら、おそらく損失額は二千億円にはなってただろう」

「そんなに大損をしてたんですか」

「ああ。それからね、魚住は事業面でも大きなしくじりをやってるよ」

「どんな失敗だったんです？」

竜崎は低い声で訊いた。

「魚住は一善会病院をチェーン化する計画を持ってて、札幌、東京、横浜、大阪、京都、神戸、広島、福岡、那覇《なは》の一等地に病院建設予定地を買い漁《あさ》ったんだよ。もちろん、景気で沸《わ》いてるときにね。購入資金の約九割が借入金だった」

「ずいぶん思い切った買い方をしたもんだな」

「好景気のときは、どの事業家もえらく強気だったからね。魚住も地価相場の三倍強の高値で入手してる」

「こんなに景気が悪化するとは夢にも思わなかったんだろうな」

「そうなんだろう。そんなわけで、病院のチェーン化計画は暗礁《あんしょう》に乗り上げてしまったんだよ。予定地の大半は捨て値で転売されてるが、まだ借金がだいぶあるね」

「株の火傷と過剰投資が祟《たた》って、魚住グループもいまや火の車ってわけか。欲をかくから、泣きをみるんだ」

　竜崎は、成金たちには反感しか抱いていない。基本的には、無器用な生き方しかできない人間が好きだった。

「そんなことで追いつめられてるんで、魚住が何か手っ取り早い方法で金儲けを考えはじめた可能性はあるね」

「ええ」

「しかし、きみの推測はどうなんだろう？　臓器の密売や闇の移植手術が、それほど大きな儲けになるだろうか」

「旨味はあると思いますよ。駆《か》り集めた不法残留者たちの内臓を売ってるとしたら、元手は只《ただ》ですからね」

「それは、そうだが……」

　軽部が唸った。

「たとえば、心臓なら、億単位の値で売れるんじゃないかな。それで移植患者《レシピエント》は五年、十年と寿命が延びるわけですから、考えようによっては安いものです」

「心臓移植手術の成功率はだいぶ高くなったし、移植患者たちの延命年数も増えてるが、まだまだ危険な手術だよ」

「確かに、おっしゃる通りです。しかし、心臓に重い障害のある者は移植手術を受けなければ、そう長くは生きられないはずです」

「しかし、臓器移植手術には、いろいろと難しい面があるよ。提供者《ドナー》と移植患者《レシピエント》がたとえ親子や兄弟でも、拒絶反応を起こすケースが少なくないからね。ましてや人種が異《こと》なったりしたら、手術の成功率はぐっと低くなる」

「そういう危険を承知で、あえて移植手術を受ける者もいるんじゃないかな。毎日の痛みや苦しみから逃れたいと願う患者だって、多分、いると思うんですよ」

「うむ」

「それに臓器移植を希望してる患者は、日本人だけじゃないんだと思います。東南アジア人の臓器は同じ肌の色をした者に提供されてるんでしょうし、イラン人はイラン人に……。ごく少数ですが、ブルネイやマレーシアには世界的な富豪がいますからね。アラブ諸国にも大金持ちはいます。だから、臓器の買い手はいくらでもいますよ」

竜崎は長々と喋った。口を閉じると、軽部が言った。

「話題をすり替えるようだが、その病理研究所には失踪した若い女たちも監禁されてるんだろうか」

「姿は見てませんが、その可能性はあると思います。ただ、女たちは別の目的で拉致されたような気がするんです」

「どういうことなのかな?」

「首都圏で行方がわからなくなった女たちは、セクシーな美人が多かったたって話でしたよね?」

「そうだったね。そうか、女たちはどこかでセックスペットか何かにされてるのかもしれないいな」

「それも、ノーマルな性行為の相手をさせられてるんじゃないような気がします」

竜崎は言った。

「というと、SMプレイの相手をさせられてると……」

「それも考えられますが、もっとハードな遊びの相手をさせられてるような気がしてならないんですよ。これは、ただの勘なんですがね」

「きみの勘はよく当たるから、もう少し話を聞かせてもらおう」

軽部が先を促《うなが》した。

「これは妄想に近いのかもしれませんが、拉致された女たちは異常者たちの殺人願望や人肉喰《カニバリズム》いの犠牲にされてるんじゃないだろうか」

「おい、おい。いくら現代社会が病《や》んでるからといって、殺人やカニバリズムを商売のアイテムに入れる人間がいるかね?」

「徹底した拝金主義者の冷血漢なら、それぐらいの商売《ビジネス》は思いつくんじゃないですか?」

「そうだろうか」

「サディズムの究極的な快感は、人殺しや人肉喰《カニバリズム》いだという学説もあります」

「確かに人間の深層心理には、そういう暗い側面もあるだろうが……」

「もともと人間には、タブーに挑みたいという気持ちがあるんじゃないのかな。絶望的な状況に陥《おちい》ったら、鬼にも獣にもなる人間は案外、多いと思いますよ」

「きみの妄想、いや、エキセントリックな発想はどこから生まれたのかね?」

「先月、バンコクで起こった売春婦による連続殺人事件のことを憶《おぼ》えてますか?」

竜崎は問いかけた。

「ああ、憶えてるよ。客にエイズをうつされた娼婦が絶望的になって、行きずりの男たちに故意に病気をうつし、それでも気が晴れずに十数人の男の喉を剃刀《かみそり》で掻っ切ったんだったね?」

「そうです。そのタイ人娼婦の事件が、頭の中に残ってたんだと思います。消えた女たちは、人生に絶望した男たちに嬲《なぶ》り殺しにされてるような気がするんですよ」

「そういうことを金儲けの材料にする人間がいるとは思えないが、とにかく行方不明の女性たちのことも気になるね」

軽部が言った。

「もし見つけたら、救い出してやるつもりです」

「それはいいが、あまり無茶はしないでくれよ。きみの仕事は現金輸送車襲撃事件の首謀者を捜し出して、匿名で捜査当局に告発することだけなんだからね」

「わかってますよ。また、連絡します」

竜崎は先に電話を切った。グローブボックスから、乾燥肉と乾パンを取り出す。どちらも、張り込み用の非常食だった。それで空腹感を満たし、竜崎はラークに火を点けた。

一服し終えたときだった。

病理研究所の方から、車の走行音が響いてきた。竜崎はパワーウインドーを十センチほど下げ、耳に神経を集めた。エンジン音が次第に近づいてくる。

やがて、ヘッドライトの光が影絵のように見える樹木を明るく浮き上がらせた。闇を光で掃《は》きながら、車がゆっくりと山道を下《くだ》ってきた。

竜崎は目を凝《こ》らした。

割に夜目《よめ》は利《き》くほうだった。四、五メートル先の山道が、明るく照らされた。

すぐに車が通過していった。

ダークグレイのマークXだ。ステアリングを握っていたのは、筒型のクーラーをヘリコプターまで走って届けた男だった。

研究所の灯《ひ》が消えるまで、まだ間《ま》がありそうだ。あの男を尾《つ》けることにしよう。

竜崎は静かに車を走らせはじめた。

側道から山道に出る。麓《ふもと》に降りるまで一本道だった。マークXを見失う心配はなかった。余裕をもって、男の車を追う。沼津国際カントリークラブの外周路にぶつかる手前で、マークXの尾灯が視界に入ってきた。

男は、どこに行くつもりなのか。

まるで見当がつかなかった。マークXは沼津ICの脇を走り抜け、市街地に向かった。息抜きに一杯ひっかけに行くのかもしれない。

竜崎は追尾しつづけた。

男の車は沼津の中心街を走り抜け、駿河湾の方向に進んだ。市役所の横を通って、やがて沼津港に着いた。

それほど大きな港ではない。数隻の小型漁船が、船溜《だ》まりで身を寄せ合っている。人影はなかった。

男は岸壁にマークXを停めたが、車から出ようとはしなかった。誰かを待つ気らしい。

竜崎は海岸通りに車を停めた。

通りのすぐ下に、千本浜という浜辺があった。砕《くだ》ける波が夜目にも白い。

港の栈橋に大型モーターボートが横づけされたのは、十数分後だった。

モーターボートには、二人の男が乗っていた。暗すぎて、顔かたちは判然としない。

マークXの男がライトを点滅させてから、おもむろに外に出た。ボストンバッグを小脇に抱えていた。男は急ぎ足でモーターボートに近づき、ボストンバッグを二人組のひとりに投げ渡した。

モーターボートは、すぐに滑走しはじめた。

白い航跡を残し、見る間に暗い沖に吸い込まれていった。

男がマークXに戻り、すぐさまスタートさせた。マークXは市街地に引き返していった。

竜崎は尾行を再開した。

マークXは五分ほど走ると、スナックの前に停まった。男が車のドアをロックし、せっかちな足取りで店の中に入っていった。

男が渡した物は何だったのか。臓器ではなさそうだった。モルヒネの横流しでもしているのか。男には、まだ面を割られてない。スナックに入ってみることにした。

竜崎はレクサスを斜め前にある空き地に無断で駐車し、静かに外に出た。

夜風が冷たかった。

思わず首を竦める。竜崎はスエードジャケットの襟《えり》を立て、車道を横切った。スナックは『ジュピター』という名だった。

竜崎は店内に入った。

カウンターとボックス席が二つあるきりだ。六、七人の客がいたが、いずれも常連客のようだった。

客たちの視線が竜崎に集まった。

一瞬、白けた空気が流れた。竜崎は気にしなかった。こういうことには、馴《な》れていた。

マークXに乗っていた男は、カウンターの奥に腰かけていた。ママらしい四十年配の女がいるだけで、ホステスの姿はない。

「いらっしゃい」

女が面倒臭そうに言った。

下脹《しもぶく》れの黄ばんだ顔には、なんの感情も浮き出ていない。すべての面に鈍感なのだろう。

竜崎は、マークした男のそばに腰を落とした。

ママらしい女が懶《もの》うげな声で、注文を訊いた。

竜崎はビールと明太子《めんたいこ》を頼んだ。妙な店だった。居酒屋にあるような酒肴《しゅこう》しかなかった。

注文した酒と肴が竜崎の前に置かれた。

女は酌《しゃく》もしなかった。竜崎は苦笑して、手酌でビールを飲みはじめた。

二本目のビールに口をつけたとき、マークXの男が話しかけてきた。

「ここのママ、愛想はないけど、人間は悪くないんですよ」

「そんな感じだな」

「旅行か何かの途中なんでしょ？　いつもは見かけないお顔だから」

「仕事で全国を飛び回ってるんですよ。デパートやスーパーなんかで、新製品の実演販売をやってるんです」

竜崎は適当なことを言って、煙草に火を点けた。

「いわゆるデモンストレーターってやつですね？」

「ええ、まあ。おたくは地元の方ですか？」

「いや、違います。わたしは流れ者ですよ。といっても、こっちの関係じゃありませんけどね」

男がにやついて、自分の頬を指で斜めに撫で下ろした。

「雰囲気からすると、研究員って感じですね」

「こりゃ、まいった。鋭い方だな。かなり近い線ですよ」

「鈴木といいます」

「わたしは堀越《ほりこし》、堀越勉《つとむ》です」

「お近づきのしるしに……」

竜崎は、男のコップに自分のビールを注《つ》いだ。

堀越が半分ほど空け、返礼のビールを竜崎のコップに注ぐ。それがきっかけで、話が弾んだ。数十分が流れたころ、堀越は医学関係の研究所で働いていることを洩らした。いくらか誇らしげな口調だった。

「それじゃ、ドクターなんですね？」

竜崎は問いかけた。

「ええ、まあ」

「ご専門は何なんです？」

「まあ、いいじゃないですか」

堀越は急に落ち着きを失った。

――この男は、何かで医師免許を失った元ドクターだな。

竜崎は密かに思った。

少し経ってから、堀越がカラオケのマイクを握った。レパートリーはジャズのスタンダード、シャンソン、ニューミュージック、Ｊポップ、演歌と実に多かった。

歌も下手ではない。声に張りがあった。

「鈴木さん、あなたも歌ってくださいよ」

「音痴なんです。勘弁してください」

竜崎は渡されたマイクを地元の客に譲って、堀越にビールを勧《すす》めた。

堀越は上機嫌だった。竜崎はビールを傾けながら、迷いはじめた。

堀越は、いかにも腕力のなさそうな体つきをしている。店の外に連れ出して締め上げることは、造作もないだろう。しかし、堀越がどこまで吐くかはわからない。

それに彼が痣《あざ》だらけの体で病理研究所に戻ったら、敵は警戒を強めるだろう。そうなったら、研究所に忍び込むことができなくなるかもしれない。

「鈴木さん、一緒に河岸《かし》を変えませんか？」

「面白い店をご存じなんですか？」

「よく行くクラブにご案内しますよ。どうせ今夜は、沼津に泊まる予定なんでしょ？」

「ええ。荷物は、駅前の旅館に置いてあるんです」

「それだったら、つき合ってくれませんか」

「お供します。ここは、こっちが……」

竜崎は二人分の勘定を払い、スツールから立ち上がった。ママは釣り銭の額を言っただけで、礼は口にしなかった。

堀越と店を出る。

竜崎は車に乗ってきたことを隠し、マークXの助手席に坐った。駅前通りに向かう。

堀越は少し酔っていた。ひどく荒っぽい運転をした。途中で、自転車に乗った老人を撥《は》ね跳《と》ばしそうになった。

案内された店は、地元では高級クラブで通っているらしかった。

若いホステスが五人いた。客は一組しかいなかった。

竜崎たちは、中央のテーブル席についた。

堀越は、オタール・エクストラをキープしてあった。高級ブランデーだ。この店では、上客のひとりなのだろう。

三人のホステスが、すぐにやってきた。

驚くような美人はいなかった。だが、それなりに光っている。ミニスカートから覗く膝小僧が一様に瑞々《みずみず》しい。

少し遅れて、三十歳前後のママが挨拶にきた。

ホステスたちよりも、はるかに垢抜《あかぬ》けていた。熟《う》れた色気もあった。顔立ちは整っていたが、目に険《けん》がある。

負けず嫌いで、抜け目がなさそうだ。一度はともかく、何度も抱きたくなるようなタイプの女ではなかった。

堀越は女たちに先生と呼ばれ、終始、機嫌がよかった。

際《きわ》どい猥談《わいだん》でホステスたちに嬌声をあげさせ、彼女たちの腿《もも》や尻を撫で回した。しかし、ぎりぎりのところで節度は踏み外さない。だいぶ遊び馴《な》れているようだ。

竜崎は遠慮しなかった。

ダイナミックにグラスを重ねた。酒には強い体質だった。いくら深酒をしても、足を取られるようなことはなかった。

ボトルが空になった。新しいブランデーの封が切られた。同じ銘柄だった。

一時間ほどすると、堀越はホステスの肩に凭《もた》れて眠りこけてしまった。さすがに酔いが回ったのだろう。

そんな堀越を見て、ママが困惑顔で言った。

「先生、お車なんでしょ？」

「ああ」

竜崎は短い返事をした。

「これじゃ、無線タクシーを呼んだほうがよさそうね」

「おれがマークXを運転するよ」

「そちらさまも、だいぶお飲みになったから……」

「大丈夫だよ」

竜崎は酔い潰《つぶ》れた堀越を抱え上げ、店の外に連れ出した。鍵《キー》はポケットの中にあった。

　堀越は前後不覚の状態だった。助手席に坐らせ、シートベルトを掛けてやる。

　竜崎は酒場の女たちに送られ、マークXを走らせはじめた。

　深夜の道路は空《す》いていた。市街地をかなりのスピードで走り抜け、病理研究所をめざした。

　竜崎はステアリングを握ったときから、あることを企《たくら》んでいた。

　運転しながら、幾度も大声で堀越の名を呼んだ。返事はなかった。堀越は背凭れに寄りかかって、鼾《いびき》をかいていた。

　やがて、車が山裾のあたりに達した。

　竜崎は山道に入って間もなく、車を停止させた。オープナーを静かに操作し、トランクリッドを開ける。

　竜崎はそっと車を降りて、ドアを閉めた。

　むろん、エンジンは切らなかった。堀越は目を覚まさない。

　竜崎はにんまりして、トランクの中に入った。

　わずかな工具が入っているだけで、空っぽに近かった。それでも長身の竜崎には、ひどく狭く感じられた。横向きに寝そべり、できるだけ手脚《てあし》を縮める。リッドを内側から、ゆっくりと閉めた。

　竜崎はトランクルームに潜《ひそ》んだまま、研究所に侵入するつもりだった。

際どい賭けだ。堀越は泥酔に近い。目を覚ましても、まともに運転できるかどうか怪しかった。下手をすると、車ごと堀越と山の斜面から転げ落ちることになるかもしれない。

リッドも完全に閉め切っているわけではなかった。堀越が警告ランプに気づけば、計画は水泡に帰《き》してしまう。そのときは、そのときだ。後は運を天に任せるほかない。

竜崎は目をつぶった。

三十分もすると、全身の筋肉が強張《こわば》りはじめた。マフラーの熱がかすかに伝わってくるが、トランクの床は割に冷たかった。

待てるだけ待つ気だったが、夜が明けるまでは体が保《も》たないだろう。

限界になったら、ここで堀越を痛めつけるほかない。

竜崎は暗がりの中で、そう考えていた。

4

車内で物音がした。

人の動く気配も伝わってきた。

竜崎は瞼《まぶた》を開けた。トランクルームに入って、小《こ》一時間が経過していた。

「おーい、鈴木さーん！　どこにいるんだよ？」

堀越の酔った声が響き、助手席側のドアが開いた。

竜崎は息を詰めた。

堀越が車の周《まわ》りを歩く音がした。歩きながら、何かぶつくさ言っている。

竜崎はおかしかった。堀越が運転席に入った。車体がわずかに沈んだ。

ほどなくマークXが急発進した。

そのまま山道を登っていく。ひどく乱暴な運転だった。

竜崎は何度も弾んだ。そのつど、体のどこかをぶつけた。呻きを堪《こら》えるのに苦労した。

車はしばらく走り、やがて停止した。研究所の門の前のようだ。

クラクションが鳴らされた。走る足音がして、鉄の門扉《もんぴ》を開ける音が聞こえた。

さすがに竜崎は、少し緊張した。動悸《どうき》が速くなった。

「なんでゲートを閉《し》めたんだ。わたしが外出したことはわかってるはずじゃないか！」

「うっかり閉めちまったんですよ。先生、なんか機嫌が悪いね。もしかしたら、飲み屋の女を口説《くど》き損なったんじゃないの？」

「くだらんことを言うな。わたしは、おまえらとは違う！」

堀越は喚《わめ》くと、車を走らせはじめた。

門を潜《くぐ》っても、すぐには停まらなかった。

竜崎は、ひと安心した。

少し行ってから、マークXが右に曲がる。ほどなく停止し、すぐに後退しはじめた。バックで車庫に入るようだ。

マークXが停まり、エンジンが切られた。

堀越が車を降りた。靴音が遠ざかっていく。

竜崎はトランクのリッドを数センチ押し上げた。

寒気が忍び込んできた。耳を澄ますと、男たちの話し声が聞こえた。どちらも名古屋弁だった。見張り番だろう。

竜崎は動かなかった。

ほどなく男たちの会話が熄《や》んだ。

竜崎は少しずつリッドを押し上げはじめた。いまにも見張りの男たちが吹っ飛んでくるような気がしたが、何事も起こらなかった。

素早くトランクルームから出て、そっとリッドを閉める。

研究所の裏手だった。窓の多くは暗い。竜崎は抜き足で、建物に駆け寄った。

足音は、ほとんど響かなかった。外壁にへばりつきながら、蟹《かに》のように横に歩く。

駐車場の十メートルほど先に、建物の出入口があった。

照明が灯《とも》り、かなり明るい。木刀を持った男が立っていた。三十歳前後だった。

くすんだ草色の防寒服を着込み、頭に黒い毛糸の帽子を載《の》せている。中背だが、肩幅がやけに広い。胸も厚く、腕は丸太のように太かった。

猟犬の姿は見当たらない。

竜崎はしゃがみ込んで、小石を二つ拾い上げた。小石を一つずつ、見張りの男の足許に投げ放った。

「誰だっ」

男が振り向いた。

凶暴な顔つきだった。どう見ても、堅気には見えない。

竜崎は顔を引っ込め、外壁に背を預けた。深呼吸して、逸《はや》る気持ちを鎮《しず》める。

「こら、出てきやがれ!」

男が叫びながら、勢いよく駆けてくる。おおかた木刀は中段に構えていることだろう。

竜崎は鷹のような目をきっと攣《つ》り上げ、両の拳《こぶし》を固めた。

そのとき、男の姿が建物の角から現われた。やはり、木刀は中段に構えられている。

竜崎は地を蹴った。相手の内懐に深く踏み込み、近打ちを放った。

正拳《せいけん》と逆拳《ぎゃくけん》は男の顔面と鳩尾《みぞおち》に決まった。われながら、きれいな寸勁《すんけい》だった。相手の骨と肉の感触が、左右の拳にはっきりと伝わってきた。

男が奇妙な声を発して、大きくよろめいた。

すかさず竜崎は、回し蹴りを浴びせた。得意の括面脚《かつめんきゃく》だった。

空手のように、相手の体に自分の腿《もも》や臑《すね》を当てるわけではない。足の親指側の面を当てる蹴り技だ。それでも、パワーは大きい。

防寒服を着た男が腋の下を押さえながら、横に大きく泳いだ。五、六メートル離れた場所に転がった。

倒れた瞬間、手から木刀が落ちた。男が寝転がったまま、手探《てさぐ》りで木刀を拾おうとした。

竜崎は走った。

前髪が逆立《さかだ》つ。素早く木刀を掴み上げ、切っ先を男の喉に深く沈める。

「声を出したら、殺すぞ」

「て、てめえは……」

男の声はひび割れていた。

「名古屋弁じゃないな。東京のヤー公か。どこの者《もん》だ？」

「そんなこと、言うわけねえだろうが！」

男の目に、嘲《あざけ》りの色がさした。

竜崎は無言で木刀を押し沈めた。相手の出方によっては、容赦なく声帯を潰《つぶ》すつもりだった。男が目を白黒させて、手脚《てあし》をばたつかせた。

体も左右に振った。必死に喋ろうとするが、声が出ない。

竜崎は少しだけ切っ先を浮かせた。

「組の名を言え！」

「新宿の衣笠組だよ」

「誰に頼まれて、ここに来た？」

「そ、そいつは……」

男が口ごもった。竜崎は太い眉を片方だけ跳ね上げた。凄むときの癖だった。

そのまま、相手を睨《ね》めつける。男が怯《ひる》んだ様子で、口を割った。

「金森の兄貴だよ。兄貴も、組長《オヤジ》に言われて……」

「組長は、山谷義信とだいぶ親しいな！」

「ああ、割に」

「どういうつき合いなんだ、二人は？」

「そこまでは、おれたちにはわからねえよ」

「まあ、いい。名古屋弁の男たちは何者なんだ？」

「あいつらは、中京会梅川組《ちゅうきょうかいうめかわぐみ》の連中だ」

「奴らを雇ったのは、一善会病院の魚住理事長だなっ」

「そうだよ」

「この研究所をガードしてるのは、全部で何人なんだ？」

「うちの組から五人、梅川組が四人だ」

「いま、見張《シキテン》りは？」

「お、おれを入れて五人だよ」

「この研究所で何が行われてるんだ？」

「ウイルスの研究らしいよ」

「とぼける気か」

竜崎は木刀の切っ先を男の眉間に押し当て、徐々に力を加えていった。

男が凄まじい唸り声をあげる前に、喉仏のあたりを靴で踏みつけた。悲鳴混じりの呻き声は、ほとんど圧《お》し殺すことができた。仲間の耳には届かなかったはずだ。

少し経ってから、竜崎は靴を地面に戻した。

男の懐を改める。物騒な物は何も忍ばせていなかった。

「アジア系の男たちは、どこにいるんだ？」

「地下だよ、地下室にいる」

「何人いる？」

「いまは、七人だ。もう勘弁してくれねえか」

　男が哀れっぽい声で言った。

「女たちも、どこかに監禁してるなっ」

「ここにゃ、看護師が三人いるだけだよ。嘘じゃねえ」

「ここにいた竹下奈央って看護師が殺されたことは知ってるな？」

「そういう噂は聞いたけど、おれはその女にゃ会ったこともねえんだ」

「そんなことはどうでもいい。奈央を殺した奴は誰なんだっ。それから、おそらく野上昇一ってフリーライターも、この研究所の誰かに殺《や》られたはずだ。そいつの名前を言え！」

　竜崎は声を張った。

「おれは本当に知らねえんだ。信じてくれよ」

「喋らなきゃ、木刀で額をぶっ叩くぜ」

「知らねえものは知らねえよ」

　男が泣き出しそうな顔で言った。どうやら実際に知らないらしい。

「ヘリコプターで運んでるのは、人間の内臓だな！　堀越たち元医者が不法残留の外国人たちの体から臓器を抜き取って、それを誰かに移植してるんだろ？」

「そこまではわからねえけど、イラン人とかパキスタンの奴が手術室に連れて行かれるのを見たことがあるよ」

「手術室は何階にあるんだ？」

「二階だよ。三階が研究室になってるんだ。先生や看護師たちは、四階で寝起きしてる」

「おまえら番犬どもは、どこで寝泊まりしてるんだ？」

「一階だよ」

「ハンカチ、持ってるか？」

「持ってるけど、いったい何する気なんだよ？」

男が不安げな表情になった。

竜崎は薄く笑って、すぐに屈《かが》み込んだ。男の防寒服のポケットから、皺《しわ》だらけのハンカチを抓《つま》み出す。それを男の口の中に突っ込み、素早く足許に回り込んだ。

男が頭をもたげた。

その瞬間、竜崎は木刀を上段から振り下ろした。男の臑《すね》を両方、打ち砕く。

男がくぐもり声で唸りながら、のたうち回りはじめた。

竜崎は男の腰からベルトを引き抜き、それで両手を縛った。ハンカチを口の奥に突っ込み、脱がせたスラックスで猿轡《さるぐつわ》を嚙ませた。

男は唸るだけで、まったく抵抗しなかった。

竜崎は木刀を握ると、建物の中に忍び込んだ。にわかに、緊張感が高まる。

廊下には、照明が灯っていた。リノリュームの床が鈍《にぶ》く光っている。

竜崎は奥に進んだ。

少し歩くと、地階に通じる階段があった。足音を殺しながら、階段を降りる。地階の出入口は、鉄の扉で閉ざされていた。

ドア・ノブは回った。

竜崎は鉄扉《てっぴ》を開け、地下の通路に滑り込んだ。

すると、すぐ近くに角刈りの男が立っていた。三十代の半ばだろう。

「おめゃ、誰だ！」

男が右手を腰に回した。短刀でも抜く気らしい。

竜崎は数歩前に出て、上段から男の脳天をぶっ叩いた。骨が鳴った。

男が野太く唸りながら、尻から落ちた。前頭部がぱっくりと割れ、ポスターカラーのような血糊《ちのり》が噴《ふ》きはじめた。

男が白目を剝《む》きながら、ゆっくりと後方に倒れた。それから両手で頭を抱え、転げ回りはじめた。手も顔も血みどろだった。

竜崎は奥に走った。

二十メートルほど進むと、ドアのない小部屋から茶色の大型犬が飛び出してきた。

ブル・マスティフだった。

竜崎は立ち止まった。

ブル・マスティフが大きく跳躍した。竜崎は大型犬を充分に引き寄せてから、木刀を水平に薙《な》いだ。確かな手応えがあった。

ブル・マスティフが短く鳴き、廊下にどさりと落ちた。地響きがした。

竜崎は木刀を大きく振り被《かぶ》った。

そのとき、大型犬がむっくりと身を起こした。スエードジャケットの裾に喰《く》らいついた。

竜崎は数歩退《さが》った。大型犬を引きずる形になった。

ブル・マスティフは裾に喰《くら》いついて離れない。竜崎は足を飛ばした。

前蹴りは、大型犬の腹に決まった。ブル・マスティフは、短く鳴いただけだった。

竜崎は木刀の柄の部分で、無気味な唸り声をあげはじめた。

首を烈《はげ》しく振って、大型犬の頭を小突いた。骨が硬い音をたてた。

ブル・マスティフが離れた。

竜崎は素早く木刀を振り上げ、大型犬の頭を打ち据えた。鈍い音がし、鮮血がしぶく。

ブル・マスティフは血を流しながらも、少しも怯《ひる》まなかった。

すぐに高く跳《と》び、竜崎の右腕に歯を立てた。スエードジャケットが破れ、歯が肉に届いた。

痛みよりも、大型犬の体重がこたえた。

竜崎は噛まれた腕を引っ張られ、体が傾きそうになった。力まかせに腕を振り回してみたが、ブル・マスティフは離れなかった。

竜崎は横に走って、大型犬を壁に叩きつけた。

犬が悲鳴をあげ、床に転がった。

間髪《かんはつ》を容《い》れず、竜崎はブル・マスティフの喉を蹴り上げた。大型犬はいったん宙に浮き、のめるような恰好で倒れた。

すかさず竜崎は木刀で、ブル・マスティフの頭部を叩いた。

頭が潰れ、耳から鮮血が飛び散った。大型犬は動かなくなった。口からも血を流していた。すでに息絶えていた。

——いい根性してたよ。

竜崎は死んだ番犬に胸の中で語りかけ、大股で奥に進んだ。

右側に、いくつかの部屋が並んでいた。どのドアにも、ダイアル錠が掛かっている。

「誰か返事をしてくれ」

竜崎はいちばん手前のドアをノックしながら、英語で叫んだ。

ドアの向こうで、小さなざわめきが起こった。ややあって、馴染みのない外国語が返ってきた。ペルシャ語か、ウルドゥー語だろう。

「英語か、日本語で喋ってくれないか」

「あなたは誰ですか？」

若い男の声が問い返してきた。幾分、たどたどしい日本語だった。

「きみらを救《たす》けに来たんだ」

「ほんとですか⁉　早く救けてください。わたしたち、殺される。もう三人の仲間が連れ去られたまま、戻ってきません」

「誰かダイアル錠の暗証番号はわからないか？」

「わかりません。早く、早く救けてください」

「もう少し待っててくれ」

竜崎は言って、靴の踵《かかと》でダイアル錠を蹴りはじめた。

それから間もなくだった。遠くで、男たちの騒ぐ声がした。竜崎は廊下の奥を見た。行き止まりになっていた。

ここで闘うのは危険だ。ひとまず脱出しよう。

竜崎は大型犬の死体と呻いている男を飛び越えて、出入口まで突っ走った。

ドアの外には、まだ敵の姿はなかった。

竜崎は二段跳《と》びに階段を駆け上がりはじめた。中ほどまで上がったとき、見覚えのあるポインターが降り口に姿を現した。

竜崎はステップに立ち止まり、やや腰を落とした。

木刀を下段に構えたとき、猟犬が身を躍《おど》らせた。しなやかな身ごなしだった。

竜崎は、木刀を下から斜めに掬《すく》い上げた。空気の裂ける音が高く響く。

しかし、木刀は猟犬の腰のあたりを掠《かす》めただけだった。

ポインターは階段の下まで跳《と》び、すぐさまステップを駆け上がってきた。竜崎は体を捩《ねじ》って、今度は上段から木刀を振り下ろした。

頭を叩いたと思った。だが、一瞬の差で躱《かわ》されてしまった。

竜崎は、ステップの角を強《したた》かに打っていた。

次の瞬間、右手首に痺《しび》れが走った。思わず木刀を落としてしまった。

そのとき、ポインターが竜崎の左の脹《ふく》ら脛《はぎ》に鋭い歯を突き立てた。

竜崎は激痛を覚えた。筋肉を噛み千切《ちぎ》らんばかりに、猟犬が首を振りたてる。

そのたびに、肉を抉《えぐ》られるような痛みに見舞われた。流れ出た血が滑り落ち、靴下を濡らしはじめた。

竜崎は痛みに耐えながら、ポインターの頭部に肘打ちをくれた。猟犬が鳴き声をあげ、ひれ伏すような恰好になった。

竜崎は少し離れ、ポインターを蹴り上げた。

猟犬は宙で体を丸めた。ボールのように壁に激突し、そのまま落下した。

ポインターは跳ね起きたが、もはや闘志を失っていた。伏し目がちに威嚇《いかく》の唸り声を発するだけだった。

竜崎は、ステップに落ちた木刀を拾い上げた。

そのときだった。

三人の男たちがひと塊《かたまり》になって、階段の上から降りてきた。どの顔も険しかった。

先頭の男は自動拳銃を握っていた。

ノーリンコ54だった。中国製のトカレフだ。

原産国は旧ソ連である。二十年ほど前から、台湾経由でトカレフが日本の暴力団に大量に流れ込んでいる。その多くは、軍からの横流し品だ。

後ろにいる二人のうち、ひとりは銃身の短い散弾銃を構えていた。

夕方、見かけたスキンヘッドの男だ。

その横にいる男は、丸腰だった。橙《だいだい》色《いろ》のジャージの上下を着ている。

「てめえ、どっから入りやがったんだっ」

拳銃を握った男が声を張った。
三十二、三歳だった。額に刃傷があって、右の眉が二つに切断されている。

「訛《なま》ってないから、おまえは衣笠組の者だな」

「誰なんだ、てめえは」

「さあな」

「てめえ、撃《ハジ》かれてえのか。木刀を捨てやがれ！」

「わかったよ」

竜崎は木刀を足許に落とした。

そのすぐ後、新たに三人の男が血相を変えて駆け込んできた。そのうちのひとりは、なんとアメリカ製の自動小銃を持っていた。M16だった。

「何を騒いでるんだね？」

廊下の方で、聞き覚えのある声が響いた。堀越だった。

丸腰の男が振り返って、堀越に言った。

「先生、おかしな野郎が入り込んでやがったんですよ」

「なんだって⁉」

堀越が見張りの男たちを掻《か》き分け、前に出てきた。

竜崎は、堀越に笑いかけた。

「やあ、さっきはどうも！」

「き、きみは鈴木さんじゃないか⁉　どうして、きみがこんな所にいるんだね？」

「酔っ払っちまって、あんたの車のトランクに入り込んじゃったんですよ」

「ほんとかね？　いや、そんなばかなことがあるわけない。きさまは何か目的があって、わたしに近づいたんだな！」

「もう酔いは醒《さ》めたらしいな。あんた、昔はちゃんと資格のある医者だったんだろ？　堕《お》ちるところまで堕ちたもんだ」

「おい、この男を手術室に連れてこい！」

堀越は見張りの男たちに叫ぶと、ひと足先に人垣から離れた。

「こっちに来な」

リーダー格の男が、ノーリンコ54のスライドを引いた。薬室《チエンバー》に初弾を送り込んだのだ。後は引き金を絞るだけで、銃弾が放たれる。

近距離でぶっ放されたら、ひとたまりもない。

竜崎は、さすがに余裕がなくなった。額に脂汗《あぶらあせ》がにじんだ。

スキンヘッドの男が竜崎の後ろに回り込み、水平式二連銃の銃口を背中に押し当てた。

竜崎は逆《さか》らわないことにした。

男たちに両腕を取られ、二階の手術室に連れ込まれた。

一般病院の手術室と同じ造りだった。手術台の上には、無影灯が光っている。

手術台の横には、白衣をまとった堀越が待ち受けていた。

荒っぽい男たちの手によって、竜崎は手術台の上に寝かされた。仰向《あおむ》けだった。男たちが手脚を押さえつけている。

「ちょうどいい。さっきポインターに左の脹ら脛を嚙まれたんだ。ついでに消毒してもらおうか」

「ふざけるな」

堀越がいきり立ち、無機質な光を放つメスを握った。

「おれの内臓も抉《えぐ》って、闇の臓器移植手術をする気かい？」

「きさま、何を言ってるんだ。頭がおかしいんじゃないのかっ」

「まともじゃないのは、あんただろうが！　不法残留のアジア人を拉致してきて、ここで臓器を摘出してるんだからな」

竜崎は言った。

「きさまは正気じゃない。何をわけのわからないことを言ってるんだ」

「竹下奈央に麻酔ガスを吸わせたのも、この手術室なのか。それとも、あんたが一善会病院に出向いて、あっちで奈央を眠らせたのか。あんた、どんな悪さをして、医師の資格を奪われたんだい？」

「うるさい、黙れ！」

堀越がヒステリックに怒鳴り、竜崎の頸動脈《けいどうみゃく》にメスを押し当てた。

メスは思いのほか冷たかった。一瞬、肌が粟立《あわだ》った。全身が竦み、筋肉という筋肉が強張る。竜崎は悪態をつけなくなった。

「こいつの持ち物を調べてくれ」

堀越がメスを押し当てたまま、見張りの男たちに命じた。

数人の腕が伸びてきた。竜崎はポケットをことごとく探《さぐ》られ、所持している物をすべて摑み出された。もう開き直るしかない。

「竜崎って名だったのか」

堀越が運転免許証を見ながら、低い声で呟いた。

「臓器密売組織の手先にまで成り下がって、よくも平気でいられるな。あんたには、もはや自尊心も矜持《きょうじ》もないってわけか」

「きさまは何か勘違いしてる。ここは、真っ当な病理研究所だ」

「魚住に、いくらで雇われたんだ？」

竜崎は喋ることで、少しでも恐怖心を薄めたかった。

怯《おび》えきってしまったら、後は屈辱と死を受け入れなければならない。尻尾《しっぽ》を巻いたまま、負け犬で終わりたくなかった。

「黙れと言ったはずだ」

「あいにく、素直な人間じゃないんでな」

「黙らんと、本当に頸動脈を掻っ切るぞ！」

「竹下奈央や野上昇一を麻酔で眠らせたのは、あんたなのか？　それとも、仲間の医者崩れがやったのかっ」

「きさまって奴は！　おい、こいつにあれを着《つ》けてくれ」

堀越が激昂《げっこう》し、ノーリンコ54を持った男に言った。

男が無言でうなずき、仲間に目配せする。見張りのひとりが手術室から出ていった。

いくらも経《た》たないうちに、男が戻ってきた。ズックと革でできた袋状のものを抱えていた。

「これは鎮静衣《ちんせいい》とか拘束衣《こうそくい》と呼ばれてる物で、精神病院や留置場なんかで使われてるんだ。聞き分けのない者をおとなしくさせる戒具《かいぐ》だよ」

堀越がそう説明し、残忍そうな笑みを浮かべた。

飲んでいたときの顔とは、まるで別人だった。明らかに犯罪者の顔つきだ。

竜崎はなんとか脱出したかった。

しかし、そのチャンスはなかった。俯《うつぶ》せにさせられ、両手に革手錠を掛けられてしまった。

革手錠は五、六枚の分厚い革を貼り重ねた物で、芯《しん》の部分には鉛の板が入っていた。

いかにも頑丈そうな造りだった。

二つの手錠は、太くて厚みのある革帯で繋がれている。その上、金属棒で三段階に緊縛度を調整するようになっていた。

竜崎は首から膝の下まで、鎮静衣で包まれた。

体の自由は、まったく利《き》かなかった。筒状の鎮静衣の上下の部分は、革紐《かわひも》で締め上げられる造りになっていた。

さらに竜崎は革製の防声具をかまされ、頭にズックの袋を被《かぶ》せられた。首に革紐が深く喰い込み、ひどく息苦しい。

——こいつらは、おれを地下室のどこかに閉じ込める気だな。

竜崎は、そう思った。

堀越が、ぼそぼそと男たちに何か指示を与えた。男たちの何人かが、身動きのできなくなった竜崎を抱え持った。

「この野郎、重《おめ》えな」

男のひとりが、ぼやいた。すぐに別の者が相槌《あいづち》を打った。

竜崎は表に運び出され、車の後部座席に投げ込まれた。

車内は割に広いようだった。大型車なのだろう。

二人の男が車に乗り込んできた。どちらも、口は利かなかった。

車が動きはじめた。

——おれをどこに連れていく気なんだろう？　このまま、海の中に投げ込むつもりなのか。

竜崎は戦慄《せんりつ》を覚えた。全身で暴《あば》れたが、革手錠は少しも緩《ゆる》まなかった。

車は研究所を出ると、すぐに右折した。

麓《ふもと》とは逆方向だった。山道を登りはじめた。

車は悪路を突き進んだ。どうやら四輪駆動車らしかった。

山奥まで運び、そこに放置する気なのか。この季節では凍死するかもしれない。

凍《こご》え死ななくても、餓死するだろう。

竜崎は慌《あわ》てた。

頭が混乱して、何も考えられない。もっと恐怖心と絶望感が強まれば、錯乱状態に陥るかもしれなかった。弘子の顔が脳裏に浮かんで消えた。なぜだか、野上の妻の瑠美のことも胸に浮かんだ。

死んでたまるか。

竜崎は切実に思いながら、何度も体を捩《よじ》った。

だが、特殊な縛《いまし》めはびくともしない。結局、シートから転げ落ちただけだった。

情けなかった。惨《みじ》めでもあった。

道が一段と険《けわ》しくなった。

竜崎は弾み、激しく揺さぶられた。自分が死にかけている鮪《まぐろ》になったような気がした。

車は長いこと走り、やがて停まった。

――何とかしなけりゃ……。

竜崎は思った。しかし、思っただけで何もできなかった。焦躁感《しょうそうかん》が募《つの》る。

二つのドアがほぼ同時に開き、男たちが外に出た。

車内に冷たい空気が躍《おど》り込んできた。

後部座席のドアが乱暴に開けられ、竜崎は頭から引きずり出された。そのとき、腰を強く打ってしまった。

「もうちょっと奥まで行ったほうがいいんじゃねえのか？」

「ここらで充分さ。これだけ谷が深けりゃ、間違いなくおっ死《ち》ぬよ」

男たちが言い交わし、鎮静衣の両端を持った。

竜崎は八十四キロの体重がある。二人がかりで持ち上げても、かなり重いはずだ。

これがラストチャンスだ。

竜崎は、魚のように体をくねらせた。

男のひとりが短い叫び声をあげた。その男の片手が外れた。竜崎は、さらに激しく暴れた。すると、浮き上がりかけた体が地面に落ちた。体の下は石塊《いしくれ》だらけだった。

「この野郎！」

「おい、早いとこ片づけちまおう」

「いいことを思いついたぜ。こいつを転がそうや」

「そのほうが楽だな」

二人の男が屈《かが》み込んで、竜崎の体を転がしはじめた。

竜崎は、どうすることもできなかった。

間もなく、体が米俵《こめだわら》のように山の斜面を転がりはじめた。ズックの袋を被せられているために、視界はまったく利《き》かない。

目が回った。竜崎は瞼《まぶた》を閉じた。

瞼の裏で、弘子の顔が明滅した。その次に、彼女の弟の顔が閃《ひらめ》いた。最後に瑠美の顔がにじんだ。

体は弾みっ放しだった。

樹木に撥《は》ね跳《と》ばされ、また別の幹《みき》にぶつかった。まるでピンボールのように跳ね回った。

竜崎は恐怖で失神しそうだった。

少しの間、灌木や草の上を滑り、岩に激突した。

竜崎は頭を強く撲《う》った。体が回転した。同時に意識がぼやけはじめた。

やがて、竜崎は気を失った。

5

痛みで、我に返った。

最初に目に映ったのは、煤《すす》けた天井だった。

竜崎は薄暗い部屋に寝かされていた。六畳の和室だった。

雨戸の隙間から、かすかな陽光が射《さ》し込んでいる。真っ昼間らしかった。自分が生きていることが不思議だった。

ここは、どこなのか。

竜崎は起き上がろうとした。

そのとたん、全身に尖鋭《せんえい》な痛みが走った。痛みを騙《だま》し騙しシーツに背を戻す。

胸の上には、薄べったい掛け蒲団《ぶとん》が掛けてあった。一枚ではなく、二枚だった。

蒲団カバーは掛かっていない。全体に、どことなく垢《あか》じみていた。

首を動かすと、枕許にスエードジャケットが畳んで置いてあった。右の袖に猟犬の歯形がくっきりと残っていたが、返り血は拭《ぬぐ》い取られていた。

外された鎮静衣や革手錠は、どこにも見当たらなかった。防声具もない。いったい誰が介抱してくれたのか。

一刻も早く命の恩人に礼を言いたい気持ちだった。

「どなたかいらっしゃいませんか？」

竜崎は、右側にある襖《ふすま》の方に顔を向けた。

ややあって、襖が音もなく開いた。姿を見せたのは、七十過ぎの老人だった。作務衣《さむえ》のような簡便な服をまとっていた。下は、すっかり膝の出たカーキ色の作業ズボンだった。素足だ。

痩せて、眼光が鋭い。髪も眉も真っ白だった。

「あなたがわたしを……」

竜崎はそこまで言って、頭を浮かせかけた。

その瞬間、全身に痛みを感じた。思わず顔をしかめると、老人が労《いたわ》るように言った。

「そのまま、そのままでいいんじゃ」

「すみません。それじゃ、寝たままで話をさせてもらいます」

「あんたは運の強い男じゃ。あの沢の下まで誰かに落とされたんじゃろうが、普通なら死んどる」

「わたしを発見してくれたのは、いつなんです？」

「きのうの明け方じゃ」

「というと、わたしはもう一昼夜以上も眠りつづけてたわけですか⁉」

「そういうことになるのう」

老人が枕許に胡坐《あぐら》をかいた。

「あなたがたったひとりで、わたしをここまで運んでくれたんでしょうか？」

「そうじゃ。あんたは大男だから、だいぶ難儀《なんぎ》したよ。担《かつ》げんかったんで、おかしな袋ごと引きずってきたんじゃ」

「わたしが転がってた所から、ここまではどのくらいの距離があるんです？」

「三キロ弱じゃね」

「そんなに離れてるんですか。それは申し訳ないことをしました。あなたのご親切は生涯、忘れません。本当にありがとうございました」

「礼なんかいいんじゃ。それより、打ち身がだいぶひどいようじゃな。骨は折れてないようじゃったが」

「手当てをしてくれたんですね？」

「そんな大層なことじゃない。薬草の葉っぱを打撲した箇所に貼っただけじゃよ」

「ご迷惑をかけました。ところで、ここはどこなんでしょう？」

竜崎は、さっきから気になっていたことを訊いた。

「愛鷹山《あしたかやま》の中腹じゃよ、静岡県下じゃ」

「誰もいないようですが、あなたおひとりでここにお住まいなんですか？」

「ああ、ひとりじゃ。ここは昔、炭焼き小屋だったんじゃよ。わしが少しずつ手を加えて、住まいに変えたわけじゃ」

「それじゃ、近くに民家はないんですね？」

「一キロあまり下《くだ》った所に五、六軒あるが、ほとんどつき合っとらん。わしは世捨て人みたいなもんじゃからな」

老人はそう言って、自嘲じみた笑みを拡《ひろ》げた。おおかた人間関係が煩《わずら》わしくなって、この山奥に逃れてきたのだろう。

「粥《かゆ》でも食べるかね？」

「後で、いただきます。自己紹介が遅れましたが、竜崎といいます。東京で保険関係の調査員をしています」

「わしは伊佐吉《いさきち》じゃ」

老人は姓を明かさなかった。竜崎は言った。

「いずれ改めてお礼にうかがうつもりです」

「そんなものは必要ない。元気になったら、出てってくれればいいんじゃ」

「しかし、それでは……」

「わしは、これから山菜採りに行ってくる。腹が空いたら、勝手に粥を食べてくれ」

伊佐吉はすっくと立ち上がると、すぐに襖の向こうに消えた。

竜崎は瞼を閉じた。

だが、もう眠くはなかった。老人が表に出ていく気配がした。風変わりな年寄りだが、善人のようだ。

竜崎は急に強い尿意を覚えた。

肘《ひじ》を使って、体を起こす。一動作ごとに、体のあちこちが疼《うず》いた。

打撲した箇所だけではなく、猟犬に噛まれた部分にも薬草らしい葉が貼られている。多くの葉が半《なか》ば乾いていた。

竜崎は蒲団から抜け、這《は》って部屋を出た。

襖の向こうは板張りの部屋だった。十畳はあるだろう。

その下が土間になっていた。

写真でしか見たことのない竈《かまど》があった。煮炊《にた》きは、そこでしているらしかった。家具らしい物は何もなかった。

漁村の番屋《ばんや》よりも、はるかに質素だった。

シンプルな生き方をする気なら、あまり物は必要ないのだろう。自分も含めて、現代人は便利さばかりを追い求めてきたのではないか。

竜崎は柄にもなく、そんな思いに捉《とら》えられた。

手洗いは土間の横にあった。そこまで這い進み、やっとの思いで用を足《た》した。土間まで戻ったとき、伊佐吉が家に駆け戻ってきた。

「あんた、押入れに隠れるんじゃ」

「どうしたっていうんです⁉」

「やくざ者《もん》らしい男たちが、山の中を歩き回っとる」

「えっ」

竜崎は驚いた。

「おそらく奴らは、あんたが死んだかどうか確かめに来たんじゃろ」

「何人でした？」

「二人じゃった。さあ、早く早く！　わしは、袋みたいなもんを片づけてくる」

伊佐吉が慌《あわ》ただしく庭に飛び出していった。

竜崎は奥の部屋まで急いで這い、自分のジャケットを抱えて押入れに身を潜《ひそ》めた。逃げ隠れするような真似は好きではなかった。しかし、傷ついた体で二人の男をぶちのめす自信はなかった。

押入れの襖を閉ざして、じっと息を潜める。
七、八分が過ぎたころ、庭先から伊佐吉と男の遣り取りが聞こえてきた。

「爺《じい》さん、きのうからきょうにかけて、男の怪我人を見なかったかい？　三十五、六の上背《タッパ》のある野郎なんだがね」

「そんな男は見とらん」

「そうかい。念のために、ちょっと家の中を覗かせてもらうぜ」

「断る！」

「爺《じい》さん、何もそうむきになることはないじゃねえか」

「帰れ！　わしは、他人は家に入れん主義なんじゃ」

「なんか怪しいぜ、この爺《じい》さんよ」

男が仲間に声をかけた。仲間がすぐに同調し、老人を威《おど》した。

「おい、なんか隠してやがるな。痛い目に遭《あ》いてえのかよ！」

「わしは何も隠しとらん」

「だったら、家の中を調べさせてもらうぜ。いいよな？」

「それはならん！」

「うるせえ」

男が伊佐吉を突き倒したらしい。老人の叫び声がして、すぐに人の倒れる音が響いてきた。

――年寄りをぶっ飛ばすなんて、なんて連中なんだ。

竜崎は義憤を覚えた。

外に飛び出したくなった。しかし、その衝動をぐっと抑《おさ》えた。いま男たちの前に姿を現したら、伊佐吉はもっとひどい仕打ちを受けることになるだろう。

一分ほど経《た》つと、二人組が家の中に入ってきた。

「汚《きたね》え家だな」

「ランプしかねえぜ」

男たちの声には、聞き覚えがあった。一昨日《おととい》の夜、竜崎を崖の上から突き落とした二人組だった。

男たちが板の間に土足で上がったようだ。

靴が床板を軋《きし》ませた。竜崎は片膝を立て、いつでも押入れから飛び出せる姿勢をとった。心と体が張り詰め、いくらか胸苦《むなぐる》しい。

男たちが、夜具を延べてある部屋に入ってきた。

「おい、まだ蒲団が温《あたた》けえぞ」

「ひょっとしたら、例の野郎が寝てたのかもしれねえな。おまえは、そこの押入れん中を調べてみろや」

「わかった」

男のひとりが近づいてきた。

　万事休すか。

　竜崎は命懸《が》けで、敵の二人組と闘う気持ちを固めた。

　できれば何か武器にする得物《えもの》が欲しかった。暗がりの中で手探りする。あいにく何もなかった。

　男の爪が、襖の引き手を擦《こす》る音がした。

　そのときだった。伊佐吉の凛然《りんぜん》とした声が土間で響いた。

「きさまら、無礼じゃぞ。他人《ひと》の家に土足《どそく》で上がりよって。出ろ、すぐに外に出るんじゃ！」

「いま、出るよ」

　男のひとりが応じた。

「もたもたしとると、きさまら二人を撃ち殺すぞ」

「な、なんだよ、爺さん！　そんな物《もん》持ち出して。どうせ玩具《おもちゃ》のピストルなんだろ？」

「本物だ。これは南部十四年式拳銃じゃ」

「そんな拳銃、見たこともねえぜ」

　別の男が言った。

「こいつは、大正十四年に製造されたオートピストルじゃ。わしの親父の形見《かたみ》だ」

「そんな骨董品《こっとうひん》みてえな拳銃じゃ、弾《たま》は出ねえだろうが」

「そうかな。それじゃ、試《ため》してみるか」

伊佐吉の語尾に、重い銃声が被《かぶ》さった。

家全体が震え、二人の男が驚きの声をあげた。放たれた銃弾は、和室の柱にめり込んだようだ。

「じ、じじい！」

「弾は、まだ八発入っとる。早く出ていかんと、きさまらの心臓をぶち抜くぞ」

「わかった、わかったよ。いま出るから、そいつを仕舞ってくれ」

「早くせんかい！」

伊佐吉が高く叫んだ。

二人組は、あたふたと外に出ていった。

たいした老人だ。竜崎は、心の中で伊佐吉に拍手を送った。

ゆっくりと五十まで数えて、押入れから這い出す。土間には誰もいなかった。伊佐吉は男たちが立ち去ったかどうか、自分の目で確かめにいったらしい。

竜崎は寝床まで這って、敷布の上に坐り込んだ。

数分過ぎたころ、老人が戻ってきた。

伊佐吉は、銃身の長い旧式の拳銃を握り締めていた。細長い銃把《グリップ》には、横縞模様の入った板が貼ってあった。

トリガーガードは、ほぼ楕円形《だえんけい》だ。銃身はよく磨き込まれ、黒々と光っている。

「ありがとうございました」

竜崎は頭を下げた。

伊佐吉が小さくうなずき、ゆっくり歩み寄ってきた。その腰には、鎌と玄翁《げんのう》がぶら下がっていた。

「あなたに、また借りを作ってしまったな」

「気にすることはない。人間生きとりゃ、誰もみな、どこかで貸し借りをしてるもんじゃよ」

「逃げ隠れはしたくなかったんですが、この体ですので……」

竜崎は言い訳した。

「何があったのか知らんが、あんな屑《くず》どもは相手にせんことじゃ」

「今後は少し慎重に行動します」

「それがいい。さて、一緒に粥を喰《く》おう。久しぶりに興奮したせいか、ちょっと腹が空いてきたわい」

伊佐吉は旧式拳銃を懐に戻すと、土間に降りた。

「何か手伝いましょうか？」

「あんたは粥が煮立つまで寝てるといい」

「すみません」

竜崎は体を庇《かば》いながら、静かに横になった。

どこかで野鳥の羽音がした。

第四章　戦慄の真相

1

「お世話になりました」

竜崎は深々と頭を下げた。

伊佐吉が黙ってうなずいた。二人は土間にいた。

二日後の朝である。

竜崎の傷は、おおむね癒《い》えていた。もう歩行に支障はなかった。

「麓《ふもと》に降りるまで、わしも同行しよう。ちょっと心配じゃからな」

「ひとりで大丈夫ですよ。この通り、すっかり元気になりましたんで」

「じゃが、ひょっとしたら、こないだの二人組がどこかで待ち伏せしてるかもしれん」

「たとえそうでも、もう負けませんよ」

「いや、大事をとったほうがいいじゃろ。このまま山道を下《くだ》るのはやめたほうがいい。妙に厭《いや》な予感がするんじゃよ」

伊佐吉が言った。竜崎は確かめた。

「しかし、道は一本しかないんでしょ？」

「人間の通る道はな。じゃが、獣道《けものみち》はある」

「獣道ですか」

「そうじゃ。山道にほぼ並行する形で、獣道があるんじゃよ。こっちじゃ」

伊佐吉が家の裏手に足を向けた。

飄然《ひょうぜん》とした足取りだった。老齢の割には、動きが速《はや》い。竜崎は老人に従った。

雑木林を抜けると、灌木《かんぼく》の多い場所に出た。

繁みの中に、下生えの疎《まば》らな所があった。それが獣道だった。道筋は細く、人間がやっと通り抜けられるほどの幅しかない。しかも曲がりくねっている。

獣道は、はるか先まで線状に延びていた。

「途中で二、三箇所、獣道が途切れとるが、その近くに必ず獣の通った跡があるはずじゃ」

「何か目安になるものは？」

竜崎は訊いた。

「地べたに糞《ふん》が落ちてたり、小枝に動物の毛が引っかかったりしとるよ」

「それなら、わかりそうだな」

「車は沼津に置いてあると言っとったね？」

「ええ。しかし、空き地の所有者が警察に通報してるかもしれません」

「そうじゃな。そうそう、これを何かの足しにするといい」

伊佐吉が古ぼけたジャンパーのポケットから、小さく折り畳んだ一万円札を取り出した。

「お金はあります。運転免許証は抜かれたんですが、札入れは無事だったんですよ」

「そうじゃったのか。なら、これは煙草銭にしてくれ。あんたがいる間、わしは退屈せんじゃった。そのお礼をしたいんじゃよ」

「お礼をしなければならないのは、こちらです。しかし、現金を差し上げるのは失礼な気がしたんで何も……」

「受け取ってくれ。いったん出した金を引っ込めるほど、みっともないもんはない。年寄りに恥をかかさんでくれ」

「わかりました。それじゃ、遠慮なくいただきます。その代わり、わたしの気持ちも受け取ってください」

竜崎は一万円を貰い、自分の腕時計を差し出した。コルムだった。かなり値の張る時計だ。

「山の中じゃ、時計なんかいらんのだよ。腹時計だけで充分じゃ」

「これを受け取ってもらえないんだったら、あなたのお金もいただけないな」

「あんたも頑固な男じゃ」

「伊佐吉さんほどじゃありませんがね」

「こりゃ、一本取られたな。それじゃ、気持ちの交換ってことで腕時計を貰っとこう」

伊佐吉がそう言い、コルムを自分の細い手首に嵌《は》めた。竜崎も一万円札をスラックスのポケットに滑り込ませた。

「ここで別れよう。若いの、気をつけてな」

伊佐吉が尖《とが》った顎《あご》をしゃくった。

竜崎は片手を挙《あ》げ、繁みの中を歩きはじめた。まだ十時を過ぎたばかりだった。

数十メートル進んでから、竜崎は振り返った。伊佐吉は同じ場所にたたずんでいる。

竜崎は大きく手を振って、ふたたび獣道をたどりはじめた。

山林の中は割に明るい。かなり視界が利く。恐怖や不安は少しも感じなかった。

竜崎は歩度《ほど》を速めた。

獣道は幾度か途切れたが、すぐに進むべき方向はわかった。ひたすら突き進む。

歩いているうちに、樹木越しに見えた山道がいつしか視野に入らなくなっていた。

どれほど経《た》ってからか、右手の方から不意に車のエンジン音が響いてきた。

竜崎は何か禍々《まがまが》しい予感を覚えた。

すぐさま獣道を逸《そ》れ、右側の繁みに分け入った。灌木《かんぼく》の小枝が顔面を撲《う》ったが、小走りに走った。

やがて、竜崎は山道に躍り出た。

すると、山道を登っていくパジェロが見えた。紺と灰色のツートーンだった。二人の男が乗っていた。後ろ姿しか見えなかったが、どちらも筋者ふうだった。

先日の二人組かもしれない

竜崎は四輪駆動車を追いかけはじめた。

ピューマのように疾駆《しっく》した。駆け足は速いほうだった。追い風でもあった。

しかし、見る間に距離が開いていく。じきに怪しい車は見えなくなった。

それでも竜崎は、懸命に駆けた。

走りつづけているうちに、全身が汗ばみはじめた。とうに車の走行音は聞こえなくなっていた。

汗の雫《しずく》が頬や首筋を伝いはじめたころだった。

山の上から、銃声が聞こえた。一発ではなかった。連射音だった。

伊佐吉が撃たれたのか。

竜崎は全速で走った。脚《あし》が縺《もつ》れそうになったが、やみくもに駆けつづけた。命の恩人を見殺しにはできない。

場合によっては、この山の中で自分も果てることになるかもしれない。そう思っても、迷いや恐れは湧いてこなかった。

返せる借りは、生きているうちに返す。それが人の道だ。少なくとも、男はそう生きたい。

竜崎は常日頃、そんなふうに考えていた。

伊佐吉の粗末な家の屋根が見えてきた。

家の前の路上にパジェロが駐《と》まっている。男たちの姿は見当たらなかった。

竜崎は伊佐吉の家に飛び込んだ。

土間に二人の男が倒れている。血達磨《ちだるま》だった。

ひとりは銃弾で、顔面を潰《つぶ》されていた。まるで弾《はじ》けた柘榴《ざくろ》だ。

ささくれた肉の上に、ねっとりとした血糊が溜まっていた。あたり一面に肉片が飛び散っている。もうひとりの男は、首と左胸を撃ち抜かれていた。上半身は鮮血で真っ赤だった。

二人とも、すでに縡切《ことき》れていた。

逆だったのか。竜崎は、立ちこめる硝煙を手で払った。板の間にも奥の座敷にも、老人の姿はなかった。

「伊佐吉さん、どこにいるんです?」

「こっちじゃ」

家の裏で、伊佐吉の声がした。意外にも落ち着いた声だった。

竜崎は勝手口の煤《すす》けた木戸を押し開け、家の外に走り出た。

伊佐吉は、積み上げられた薪《まき》の上に腰かけていた。

腹のあたりが血で赤い。ジャンパーには、何本も血の条《すじ》が這っている。

足許に転がつているのは、匕首《あいくち》だった。刃先に血が付着している。どうやら二人のどちらかに刺されたらしい。傷は浅いようだった。

「なんで戻ってきたんじゃ？」

伊佐吉が怒ったような口調で訊いた。哀しそうな表情だった。

「なんだって、こんなことになったんですっ？」

「奴らが、わしの指を一本ずつドスで落とそうとしたんじゃよ。それで、わしは思わず二人を撃ってしまったんじゃ」

「男たちに、どうしてわたしのことを話さなかったんです？　そうしてれば、奴らだって、あなたを痛めつけるようなことはしなかったでしょうに」

「わしは他人《ひと》を裏切ることが嫌いなんじゃよ。奴らは、あんたを殺しにきたんじゃ。それを知ってて、あんたを売るようなことはできん」

「伊佐吉さん……」

竜崎は胸が熱くなった。

「あんたは、すぐに山を降りるんじゃ。後の始末はわしがつける」

「奴らの車で、とにかく病院に行きましょう。腹を刺されただけなら、死にゃしませせん」

「わしは手当てなど受けん。理由はどうあれ、二人も人間を殺してしまったんじゃ。生きてるわけにはいかんじゃろ」

「ここで死ぬ気なんですね？」

「そうじゃ。それ以上、こっちに近寄らんでくれ」

伊佐吉が言って、ジャンパーの下から旧式拳銃を取り出した。

「あなたは身を護《まも》るために、やむなく発砲したんだ。情状酌量の余地はありますよ。早く病院に行きましょう」

「あんたは、奴らの車で山を降りるといい」

「山を降りるときは、あなたと一緒だ」

「わしは行かん。頼むから、消えてくれ」

「そうはいきません」

竜崎は首を大きく振った。

すると、伊佐吉が悲しげな目をして銃口を向けてきた。

「それなら、仕方がない。わしは、あんたを撃つ」

「あなたに撃てるはずがない」

「甘いな。追い詰められた人間は、どんなことでもするもんじゃよ」

伊佐吉が言うなり、引き金を一気に絞った。

轟音が空気を引き裂いた。だが、銃弾は的《まと》から大きく逸《そ》れていた。竜崎は衝撃波さえ感じなかった。

「やっぱり、あんたは撃てんな」

「拳銃を渡してください」

「わしはあんたを撃てんかったが、死ぬことはできる」

伊佐吉が銃身を自分の口の中に突っ込んだ。

竜崎は意表を衝《つ》かれ、とっさの判断ができなかった。老人の親指がトリガーに掛かりそうになった。本気で死ぬ気らしい。

竜崎は前に跳んで、手刀《しゅとう》で旧式拳銃を叩《たた》き落とした。

拳銃は、伊佐吉の足許に転がり落ちた。幸いにも、暴発はしなかった。竜崎は安堵した。

「死なせてくれ。わしは死ななきゃならんのじゃ」

伊佐吉が悲痛な声で言って、前屈《まえかが》みになった。拳銃を拾うつもりらしい。

竜崎は拳銃を遠くに蹴り、素早く体の向きを変えた。老人の肩を片手で押さえ、当て身を見舞う。拳《こぶし》が深く沈んだ。

伊佐吉が唸って、すぐに気絶した。

竜崎は、凭《もた》れかかっている老人を軽々と肩に担《かつ》ぎ上げた。頼りないほど軽かった。五十キロそこそこの体重しかないのだろう。

竜崎は、伊佐吉を家の中に運び入れた。

もう麓《ふもと》の病院に連れて行く気は失《う》せていた。自分で手当てをし、老人が二人のやくざを射殺した事実を消す気になっていた。

土間には、濃い血臭《けっしゅう》が籠《こも》っていた。

竜崎は軽くむせながら、伊佐吉を板の間にそっと寝かせた。仰向けだった。

ジャンパーのファスナーを引き下ろし、ベルトも緩《ゆる》める。伊佐吉の綿ネルのシャツは血を吸っていた。まだ血は止まっていない。

竜崎はスエードジャケットを脱ぎ、セーターの袖口を肘《ひじ》の上まで捲《まく》り上げた。

土間に降り、湯を沸《わ》かす。流し台の下を覗《のぞ》くと、焼酎《しょうちゅう》があった。家の中を動き回って、針、木綿糸、真新しい晒《さら》し、鋏《はさみ》などを手早く用意した。

消毒する必要のある物を火や熱湯に潜《くぐ》らせ、自分の両手をアルコールに浸した。

いよいよ手当てだ。竜崎は深呼吸し、鋏で伊佐吉の綿ネルシャツと下着を切り裂いた。

刺されたのは、右の脇腹だった。肉は七、八センチ裂けていた。傷口から、じくじくと鮮血がにじみ出てくる。傷の深さは、まだわからない。

傷口に焼酎をぶっかけた。

と、伊佐吉が呻いて意識を取り戻した。竜崎は床板に尻《しり》を落とし、長い脚で老人の胸と両腿を押さえつけた。

「何をしてるんじゃ？」

伊佐吉が呻きながら、細い声で問いかけてきた。

「これから傷口を縫《ぬ》い合わせます」

「無駄なことじゃ。どうせわしは死ななきゃならんのじゃから」

「両手をきつく握って、歯を喰いしばってください」

竜崎は、ふたたび傷口に焼酎をたっぷりと注《そそ》いだ。

血が薄まって、傷口がくっきりと見えた。皮下脂肪から筋肉まで抉《えぐ》れているが、腸《はらわた》は無傷だった。おそらく伊佐吉は刺される直前に、とっさに腹筋に力を入れたのだろう。そのせいで、匕首は横に滑ったらしい。

竜崎は、木綿糸を通した針を抓《つま》み上げた。もちろん、両方とも消毒済みだった。

「痛いでしょうが、我慢してください」

竜崎は伊佐吉に声をかけてから、裂けた傷口を閉じ合わせた。

それでも、血が染《し》み出てくる。針を突き立てると、たちまち血の粒《つぶ》が湧いた。

竜崎は傷口を縫いはじめた。肉に針を潜《もぐ》らせるたびに、伊佐吉は長く唸った。体を小さく震わせもした。

しかし、老人は縫い終わるまで一度も痛みを訴えなかった。傷口に晒しを巻く。

「十五、六針縫いました。よく頑張りましたね」

「あんたも無茶な男だ」

「何か痛み止めの薬はありませんか？」

「そこの段ボールの中に、確か鎮痛剤があったはずじゃ」

「探してみます」

竜崎は立ち上がった。

鎮痛剤は教えられた場所にあった。その錠剤を伊佐吉に服《の》ませ、奥の部屋に蒲団を敷いた。老人を捧《ささ》げ持つように抱き上げ、夜具に寝かしつける。

「あんたは、わしのしたことをなかったことにするつもりなんじゃな。男たちの死体は、どうする気なんじゃ？」

伊佐吉が訊いた。

「うまく始末しますよ」

「無駄なことじゃ。二人が仲間たちの許《もと》に戻らんかったら、いずれ警察に知れることになる」

「奴らは脛《すね》に傷を持つ連中です。そこに転がってる二人が行方不明になっても、おそらく警察には行かないでしょう」

「そうだとしても、わしの罪は消えん」

「いまは何も考えずに、ゆっくり眠ってください」

竜崎は枕許から離れた。

板の間の血を雑巾《ぞうきん》できれいに拭《ぬぐ》い、老人のシャツや下着の切れ端《はし》を燃やした。家の裏に回り、血溜まりに土を掛けた。

銃弾や薬莢《やっきょう》を拾い集め、旧式拳銃をベルトの下に差し入れる。後で埋めるつもりだ。

土間に戻ると、奥の部屋から伊佐吉の寝息がかすかに聞こえてきた。

竜崎は家の前庭に出た。

片隅に鍬《くわ》とスコップがあった。それを持って山道をしばらく登る。竜崎は林の中に分け入り、死体を埋める穴を掘りはじめた。

土は、それほど固くなかった。それでも、だいぶ骨の折れる作業だった。二つの死体を投げ込むには、ある程度の広さと深さが必要だ。

穴を掘り終えたのは、およそ一時間半後だった。

竜崎は額の汗を拭ってから、旧式の拳銃や薬莢を穴の中に投げ落とした。掘り起こした土を足で少し蹴落とし、山道にとって返す。

後は男たちの死体を埋めて、土間の血痕を消せばいい。

竜崎は山道を駆け降りはじめた。

数百メートル歩くと、いきなり前方で火の手があがった。ちょうど伊佐吉の家のあたりだった。悪い予感が胸を掠《かす》めた。

竜崎は一気に山道を下《くだ》り降りた。やはり、伊佐吉の家が炎に包まれていた。

「伊佐吉さーん！」

竜崎は家の周囲を走りながら、老人の名を呼びつづけた。

だが、返事はなかった。火の勢いが強まり、とても近寄れない。

瞬《また》く間に梁《はり》と柱が焼け落ちた。土間のあたりに、三つの塊《かたまり》が見えた。すでに三つとも炭化しはじめている。

──伊佐吉さんは灯油を撒《ま》いて、火を点けたんだな。あんな老人まで巻き添えにしちまったのか……。

竜崎は遣《や》りきれない気分に陥った。胸に何かが重くのしかかってきた。それは澱《おり》となって、しばらく胸底に蟠《わだかま》りそうだった。

突然、はるか下の方で半鐘《はんしょう》が鳴り響きはじめた。

間もなく、下の集落から消防団のポンプ車が駆けつけるだろう。警察の者も来るにちがいない。そうなると、面倒なことになる。

竜崎は短く合掌し、家の裏手に回った。山道を駆け降りるわけにはいかなかった。獣道に通じる繁みに足を踏み入れる。

灌木の上に、竜崎のスエードジャケットが被せられていた。伊佐吉が火を放つ前に、ここに持って来てくれたにちがいない。

ポケットの中には、竜崎が老人にあげたコルムが入っていた。死者に腕時計はいらない。メモは添えられていなかったが、そういうことだろう。

老人の律儀《りちぎ》さが哀しかった。

竜崎はジャケットを羽織《はお》った。腕時計をすぐに手首に嵌《は》める気にはなれなかった。獣道を走りはじめる。数百メートル駆け降りると、山道を行く赤いポンプ車と擦《す》れ違った。もはや感傷的な気分には陥らなかった。

竜崎は走りつづけた。

麓の県道に出たのは、数十分後だった。

竜崎はヒッチハイクで沼津の市街地に行くことにした。

十分ほど待つと、折よく沼津方面に向かうライトバンが通りかかった。

ハンドルを握っているのは、気のよさそうな五十男だった。頼み込むと、快く同乗させてくれた。

竜崎は駅前通りで降ろしてもらい、レクサスを無断駐車してある空き地に急いだ。

車はレッカー車で地元署に運び込まれたものと半ば諦めていたが、レクサスは駐《と》めた場所にあった。地主は遠くに住んでいるのかもしれない。

竜崎は埃《ほこり》だらけの車に乗り込み、すぐにエンジンをかけた。

アイドリング音は快調だった。少しエンジンを暖めてから、一善会附属病理研究所に向かう。竜崎は所員の誰かを人質に取るつもりだった。できれば、堀越勉を押さえたかった。

数十分で目的地に着いた。

竜崎は研究所のだいぶ手前にある側道に車を隠し、そこから歩いて敵のアジトに向かった。胸は怒りで張り裂けそうだ。

研究所は静まり返っている。

動く人影はない。

ドアの一つが開け放たれたままだった。どうやら堀越たちは、慌《あわ》てて別のアジトに移ったらしい。そう簡単にアジトは捜し出せないだろう。

いったん東京に戻って、作戦を練り直そう。

竜崎は車に駆け戻った。胸の中は、虚《むな》しさで領《りょう》されていた。

2

液晶ディスプレイを覗き込む。

録音の表示が出ていた。

竜崎は電話機の留守モードを解除した。いましがた、沼津から戻ったところだ。

午後四時半を過ぎていた。自宅マンションは何となく埃っぽかった。

伝言テープが回りはじめた。

竜崎はリビングソファに腰かけ、耳を傾けた。最初の声は弘子だった。別段、急用ではなかった。

次は男の声だった。

殺された野上昇一のライター仲間の真鍋だ。緊急に連絡をとりたいという。

最後は瑠美のメッセージだった。また連絡すると言っただけで、電話は切られている。

テープを聴き終えると、竜崎はすぐに真鍋の自宅に電話をかけた。

少し待つと、真鍋が受話器を取った。竜崎は名乗って、留守にしていたことを詫びた。

「野上さんが殺されたことを知って、びっくりしましたよ」

電話の向こうで、真鍋が言った。

「何か急用だとか？」

「はい。野上さんから、ぼくのとこに小包が届いてるんです」

「小包？」

「ええ。あなたと会った翌々日に届いたようです。ぼくは取材旅行に出てたんで、管理人が書留小包を受け取ってくれたんですよ」

「で、中身は何なんです？」

竜崎は問いかけた。

「わかりません。包みは二重になってて、野上さんの添え文が入ってました。それには、包みを解《と》かずに竜崎さんに直《じか》にお渡しするようにと……」

「これから、先日の喫茶店で落ち合えませんか？　できるだけ早く小包を受け取りたいんだ」

「いいですよ」

「三十分以内には行けると思います」

竜崎は電話を切ると、大急ぎで着替えをした。

ついでにドイツ製のシェーバーで髭《ひげ》を剃《そ》り、ほどなく部屋を出た。マンションの近くのガソリンスタンドで給油してもらい、阿佐ヶ谷の喫茶店に向かった。

夕方のせいか、どの道も渋滞気味だった。

店に飛び込んだのは、およそ四十分後だ。すでに真鍋はコーヒーを飲み終え、煙草を喫《す》っていた。

「遅くなって、申し訳ない」

竜崎は謝って、真鍋の前に坐った。

真鍋がすぐに小包を差し出した。小ぶりの包みだった。竜崎はコーヒーを注文してから、テーブルの下で包みをほどいた。

中身はマイクロテープと写真のフィルムだった。四つ折りにされたライフの原稿用紙が一枚入っていた。まさしく野上の筆跡だった。

竜崎、いろいろ迷惑をかけてしまった。

回りくどいやり方になってしまったが、しばらく同封のテープとフィルムを預かってくれないか。

ひょんなことから、おれは恐るべき陰謀を知ってしまった。株や土地投資で大火傷《おおやけど》をした元成金どもが、実に荒っぽい方法で銭儲《ぜにもう》けをしている事実を摑んだというわけだ。

最初にマークした人物は、小悪党にすぎなかった。その男を巧《たく》みに操っている大悪党どもがいた。

現在、二人の人物を調査し終えたところだ。

しかし、まだ何かが出てくるかもしれない。おれは、それを探《さぐ》る気でいる。だが、どうやら敵はおれを葬《ほうむ》ることを考えはじめているようだ。

そんなわけで、おれは潜伏することにした。もちろん、調査は続行するつもりだ。

よろしく頼む。また会おう。　野上昇一

竜崎は二度読んで、原稿用紙に書かれた私信を真鍋に渡した。

真鍋がそれに目を通し、すぐに口を開いた。

「ぼくにお手伝いできることがあったら、何でも言ってください」

「ありがとう。とりあえず家に戻ったら、フィルムを現像してみるつもりだよ」

「野上さんを殺したのは誰なんだろう？」

「そう遠くないうちに、真相がわかると思うよ」

竜崎は野上の添え文を四つに折り畳み、上着の内ポケットに収めた。

コーヒーが運ばれてきた。

竜崎はブラックで、ひと口啜《すす》った。そのとき、真鍋が言いにくそうに切り出した。

「竜崎さん、もう個人の手には負えないんじゃないでしょうか？　敵は、そのへんのチンピラじゃなさそうですしね。下手をすると、あなたまで命を奪われるようなことになるんじゃないかな」

「もう殺されかけたよ」

「ええっ」

「だから、自分の手で事件の真相を暴《あば》きたいんだ。これでも一応、捜査の基本ぐらいは心得てるからね」

「元刑事さんだったんですか？」

「いや、そうじゃない。昔、麻薬取締官《マトリ》をやってたんだ」

「そうだったんですか」

「そのうち酒でも飲みながら、野上の思い出話でもしましょう。きょうは、わざわざありがとう」

竜崎は伝票を抓《つま》んで腰を上げた。真鍋も立ち上がった。

店の前で真鍋と別れ、竜崎は急いでレクサスに乗り込んだ。

モバイルフォンで、瑠美に電話をする。テープとフィルムのことを早く知らせたかったのだ。しかし、瑠美は自宅にも店にもいなかった。

竜崎は停止ボタンを押し、グローブボックスからＩＣレコーダーを取り出した。

再生ボタンを押し込む。音声が響きはじめた。

耳障《みみざわ》りな雑音《ノイズ》の後、男同士の会話が流れてきた。


――ここで話してもいいですか？

――大丈夫だ。ママによく言っといたから、わしが呼ぶまで店の女の子たちは誰も来んよ。

――では、ご報告をいたします。例の件では、当局は完全に郷原をマークしてるようです。

――そうか。万事、きみのシナリオ通りに運んでるわけだな。

――ええ。

――郷原を土俵際《どひょうぎわ》でうっちゃるとは、なかなか芸が細かいじゃないか。

――生き抜くためには、少々、汚い手を使いませんとね。

――それにしても、よく郷原が例の襲撃を引き受けたもんだ。博奕《ばくち》の借金を肩替わりしてやっただけで、その気になったのかね？

――ちょっとジャブを打ち込んでやったんですよ。奴は自分の会社のオンボロ船をわざと沈めて、損保会社から多額の保険金を騙《だま》し取ってますからね。

――いつかそんな話をしとったな。保険金詐欺の証拠は、どうやって摑んだのかね？

――光洋海運を辞めた船長にちょっと小遣いをやったら、あっさりからくりを喋ったんですよ。

――郷原の口を封じなくてもいいのかね？

――あの男は、もう廃人《はいじん》同様です。おたくの堀越さんが前頭葉をぐちゃぐちゃにしてくれましたから、奴はわたしの顔さえ思い出せないでしょう。増永の件も心配はいりません。

――きみは油断のならない男だ。そのうち、わしの寝首でも掻くつもりなんじゃないのかね？

――ご冗談でしょう。

――いや、冗談じゃない。わしは、きみが怕《こわ》いんだよ。だから、一応、保険を掛けさせてもらった。

――えぇっ。どんな保険なんです？

――きみがフィリピンや南米の誘拐のプロたちと接触した事実を摑んどる。

――なんのお話なんです？

――とぼけおって。喰えん奴だ。きみ自身が何回かマニラに行き、秘書の植田君がコロンビアやペルーにたびたび渡ったそうじゃないか。

――それは、まともなビジネスですよ。安いリゾートホテルを買収するつもりだったんですが、飛びつきたくなるような物件がなくて、結局、手ぶらで戻りました。

――まだシラを切る気かね。それじゃ、もっとはっきり言おう。きみや植田君が海外に出張した後、必ず現地の邦人商社マンや技術指導員が武装グループに拉致されとる。

――それは、単なる偶然ですよ。

――そうかね。人質が解放された日か、その前日に香港にあるきみのペーパーカンパニーに大手商社から大金が振り込まれてる。それも一社じゃなく、数社からな。

――うむ。

――邦人誘拐とは考えたじゃないか。まさか絵図を画《か》いたのが同じ日本人だとは、誰も思わんだろうからな。

――あなたこそ、怕《こわ》い方だ。だから、わたしのほうも少しばかりあなたのダーティー・ビジネスを……。

――おい！　き、きみは、わしの何を探り出したんだ!?

――たいしたことじゃありませんよ。あなたが難病に苦しんでる東南アジアや欧米の億万長者たちを積極的に受け入れてる理由をちょっと調べさせてもらっただけです。

――それがなんだって言うんだね！　え？

――実際、いいビジネスを思いつかれましたね。東南アジアやイランからの出稼ぎ労働者や不法残留者は、日本にあふれてます。しかも彼らの多くが、偽造パスポートや観光ビザで入国している。

——だから、なんなんだ！

——そんな連中が忽然《こつぜん》と消えても、誰も本気で捜そうとはしないでしょう。したがって、彼らをどう扱っても、わかりゃしないわけですよね？

——話が回りくどいぞ。

——それでは、ストレートに申し上げましょう。あなたは、医師免許を失った堀越たち三人の元ドクターを使って、闇の臓器移植手術をさせてますね？　どうです？

——むむっ。

——臓器を抉《えぐ》り取られてるのは、首都圏から姿をくらました不法残留のアジア人たちです。彼らの臓器を譲《ゆず》り受けてるのは、外国のリッチマンたちです。そういう大金持ちたちから、あなたは途方もない謝礼を貰ってる。

——き、きみは、わしの弱みを握るために、親切めかして衣笠組の連中をボディーガードとして送り込んできたんだな！

——わたしにも、防衛本能ってやつがありますからね。それに他人に弱みを握られるのは、どうも……。

——きみは大悪党だな。

──わたしなんか、まだまだです。大悪党は、あなたですよ。末期の癌患者やエイズで余命いくばくもない世界中の金持ちたちから、搾《しぼ》れるだけ搾ろうと考えたんですからね。

──その事業プランに全面的に協力したいと言ったのは、どこの誰なんだね？

──こりゃ、まいったな。一本取られましたよ。

──ぐっふっふ。ところで、電話で言っとった件だが……。

──新聞記者《ブンヤ》崩れのフリーライターが、どうもわれわれの身辺を嗅ぎ回ってるんですよ。ひょっとしたら、すでにかなりのことを知ってるかもしれません。

──なんて奴なんだ？

──野上昇一という男です。

──フリーライターなら、貧乏してるだろう。金で何とかならんのかね？

──それが、けっこう骨っぽい男でしてね。多分、金では駄目でしょう。

──そうか。その野上という男があんまりうるさく嗅ぎ回るようだったら、衣笠組か梅川組に始末をつけさせよう。

──そうしますか。

──ああ。細かいことは、きみに任せるよ。

──わかりました。

──おーい、ママ！　話は終わったぞ。女の子たちをこっちに寄越《よこ》してくれ。

ホステスたちの賑やかな声が高く響き、やがて音声が途絶えた。

竜崎は停止ボタンを押し込んだ。密談場所は、どこかの高級クラブだろう。

録音音声には、どちらの氏名も出てこない。

だが、話の内容から察して、山谷義信と魚住康範と思われる。おおかた野上は魚住の行きつけのクラブを突きとめ、店のホステスかバーテンダーを抱き込み、テーブルの下にでも盗聴マイクを仕掛けさせたのだろう。

マンションに戻って、フィルムを現像してみよう。

竜崎は車を走らせはじめた。

『深沢コーポラス』に戻ったのは、六時過ぎだった。

自分の部屋に入ると、竜崎は物入れを改造した暗室に引き籠った。野上から預かったフィルムを現像する。

印画紙に次々に画像が浮かび上《あ》がった。一カット十枚ずつプリントする。

成田空港の出発ロビーで隠し撮りされている五十絡《がら》みの男は、紛《まぎ》れもなく山谷だった。見送りらしい男は、秘書の植田かもしれない。

山谷がマニラの一流ホテルのバーで、現地の男と何やら話し込んでいる写真もあった。色の浅黒いフィリピン人は、誘拐組織の者と思われる。

山谷は、銀座の高級クラブから出てくる姿も撮られていた。かたわらの連れは、ひと目で筋者とわかる。そう若くはない。衣笠組の組長か、大幹部の金森だろう。

赤坂の料亭の前で写したものもあった。

山谷と郷原が談笑しながら、車の方に近づいてくる。郷原がハイヤーに乗り込む姿も撮られている。

山谷が豪壮な邸宅に入っていく後ろ姿も写っていた。石の門柱には、魚住という表札が掲《かか》げられている。山谷と魚住が、ゴルフを愉《たの》しんでいる写真もあった。

人物をメインにした写真は、それだけだった。

一善会病院、附属病理研究所の全景がそれぞれ数カットずつ撮影されている。そのほかは沼津港から出港する高速モーターボート、八分通りでき上がったリゾートホテルなどが写されていた。

モーターボートには見覚えがあった。

元ドクターと思われる堀越が、このボートに乗っていた男にボストンバッグを渡している。中身は、モルヒネだったのではないか。

——この写真のリゾートホテルが、秘密の病院になってるんじゃないのか。おそらく、そこで闇の臓器移植手術や死期の迫った重病人の治療が行われてるんだろうな。失踪した女たちは、重病人の慰み者にされてるのかもしれない。このホテルは、山谷グループの『フロンティア・コーポレーション』のものなんだろう。

竜崎はそう思いながら、暗室から居間に移った。

長椅子に腰かけて、煙草に火を点けた。これまでの経過を思い起こしながら、竜崎は竹下奈央の殺された理由を考えてみた。

奈央は気の優しい真面目な看護師だったようだ。自分が非合法な臓器摘出手術に手を貸していることで良心が咎《とが》め、退職を願い出たのではないのか。

魚住と山谷は悪事が外部に洩れることを恐れて、堀越に奈央の抹殺を命じたのだろう。堀越は自分の手が汚れることを嫌って麻酔ガスを奈央に吸わせ、後の始末は衣笠組か梅川組の者にさせたにちがいない。

野上も魚住の身辺を探っていて敵の手に落ち、奈央と似たような方法で葬られてしまったのだろう。

高速モーターボートを見かけたのは、沼津港だった。そのことを考えると、問題のリゾートホテルは伊豆半島のどこかにありそうだ。

そこまで考えたとき、サイドテーブルの上で固定電話が鳴った。

竜崎は受話器を取った。

「よかった。何かあったんじゃないかと心配してたのよ」

弘子が安堵《あんど》したような声で言った。竜崎は、沼津での出来事をかいつまんで話した。

「あんまり無鉄砲なことはしないで。あなたが野上さんの仇を討ちたい気持ちはよくわかるけど」

「もうじき片《かた》がつくよ」

「お店を閉めたら、そっちに行ってもいいかしら？」

「もちろんさ。待ってるよ」

竜崎は受話器を置くと、密談テープをダビングしはじめた。

万が一のことを考え、マスターテープと写真のネガを弘子に預ける気になったのである。テープを複製し終えると、竜崎は山谷に揺さぶりをかけてみることにした。

まず電話機に未使用のマイクロテープをセットした。密談の複製テープを巻き戻して、新橋にある山谷グループの本社に電話をかけた。

受話器を取ったのは、女の交換手だった。

「山谷さんに繋いでください」

竜崎は言った。

「失礼ですが、どちらさまでしょうか？」

「魚住康範の代理の者です」

「少々、お待ちください」

　相手の声が沈黙した。

　竜崎はＩＣレコーダーを膝の上に載《の》せ、留守録音用のマイクロカセットの録音スイッチを入れた。そのとき、いきなり男の不機嫌そうな声が響いてきた。

「なぜ、いつものように直通のほうにかけなかったんだっ。電話、かけ直してくれ」

「山谷義信だなっ」

　竜崎は声に凄みを利かせた。

「誰なんだ、おまえは？」

「自己紹介は省《はぶ》かせてもらうぜ。いま、面白いテープを聴かせてやる」

「テープだって⁉」

「そうだ。魚住とあんたの密談テープさ」

　竜崎は素早く再生ボタンを押し込んだ。

　すぐに音量を高める。複製テープが回りはじめた。

　電話の向こうで、山谷が息を呑《の》んだ。狼狽していることは明らかだった。

　数分でテープを停止させ、竜崎は相手の言葉を待った。

「いったい何のつもりなんだっ」

　山谷が言った。声が震えていた。

「このテープが公の場に出たら、あんたと魚住はもう終わりだ」

「テープの声はちょっとわたしに似てるが、別人だよ。きっと誰かが声色《こわいろ》を使って……」

「しらばっくれるなら、警察で声紋鑑定してもらってもいいんだぜ」

「くそっ」

「どうする？」

「きさま、いや、おたくの狙いは何なんだ？　話を聞こうじゃないか」

「あんたや魚住と会いたいんだよ。衣笠組や梅川組の連中のいない場所でな」

「われわれをどうしようというんだ？　まさかわれわれ二人を殺す気なんじゃないだろうな？」

「おれは真実を知りたいんだよ。竹下奈央や野上昇一が、なぜ若死しなければならなかったのかを知りたいのさ」

「………」

「こっちは密談テープのほかにも、あんたたちには不都合な写真のネガも持ってるんだ。早いとこ観念したほうが利口だぜ」

「きさまは竜崎烈だな！」

山谷が逆上気味に言った。

「おれの名を知ってるってことは、野上を追い回してたからだな。ついに尻尾《しっぽ》を出したか」

「くそっ」

「おかしな気は起こすなよ。妙な真似をしたら、テープとネガを警察に持ち込むぞ。頭を冷やして、魚住と相談するんだな」

「テープとネガをそっちの言い値で買うよ」

「おれは銭金《ぜにかね》じゃ動かない人間なんだ」

「それじゃ、なんのために？」

「おれの流儀で、あんたたち二人を裁《さば》きたいのさ」

「そっちがそのつもりなら、こっちにも考えがあるぞ」

「野上と同じように、このおれも消すってわけか」

「ああ、殺《や》ってやる！」

「いまの台詞《せりふ》、しっかり録音させてもらったよ」

竜崎は笑いを含んだ声で言った。山谷が舌打ちして、荒々しく電話を切った。

これだけ挑発しておけば、敵は無防備に動きだすだろう。そのときこそ、事件の全貌を暴《あば》いてやる。

竜崎は受話器をフックに返し、留守録音用のマイクロテープを停止させた。山谷との遣り取りを聴いてみる。鮮明に録音されていた。

竜崎はほくそ笑《え》んで、煙草をくわえた。

3

浴室で湯の弾ける音がした。

弘子がシャワーを浴びはじめたらしい。

竜崎はベッドに腹這いになって、紫煙をくゆらせていた。快い疲労感が全身を包んでいる。

情事の直後だった。時刻は午前零時近かった。

寝室には、腥《なまぐさ》い空気が籠っている。いつもよりも濃厚な交わりだった。

弘子は恣《ほしいまま》に振る舞い、裸身を烈《はげ》しく震わせた。ほとんど呻き通しだった。

その媚態《びたい》に煽《あお》られ、竜崎も燃えに燃えた。

ふだんよりも、はるかに射精感は鋭かった。ほんの一瞬だったが、頭の芯が痺《しび》れたほどだ。

喫《す》いさしの煙草を消し終えたときだった。

居間のプッシュフォンが電子音を奏《かな》ではじめた。竜崎はベッドを降り、裸の体にウールのガウンをまとった。居間に急ぐ。

受話器を取ると、瑠美の声が流れてきた。

「こんな時間にごめんなさい」

「夕方、電話したんだよ。しかし、留守だったようだね」

「いいえ、家にいたんです。でも、恐ろしくて受話器を取れなかったの」

「恐ろしかった？」

「そうなの。サラ金の人たちが、朝から何十回も催促の電話をしてきてたんで……」

「そうだったのか。瑠美さん、野上はライター仲間の真鍋さん経由で、おれに小包を送ってきたんだよ」

竜崎はそう前置きをして、詳しい話をした。

「早く密談テープを聴きたいわ。それから、写真も見てみたい。でも、怕《こわ》くて外には出られそうもないわ。きっとマンションのどこかに、サラ金の取り立て屋がいるはずです」

「こんな深夜まで粘ってるのか」

「ええ。ついさっきも、玄関のドアを激しく叩いたから、まだどこかにいると思うんです。わたし、どこかに身を隠したいと思ってるんだけど、逃げるに逃げられない状態なの」

「そっちが迷惑じゃなけりゃ、これから様子を見にいってやろう」

「本当に来ていただけるの？」

瑠美が縋《すが》るような口調で言った。

「なるべく早く行くよ。それまで絶対にドアを開けないほうがいいな」

「無理を言って、ごめんなさい。必ずテープと写真を持ってきてね」

「ああ、わかった」

竜崎は電話を切ると、浴室に足を向けた。

脱衣場を兼ねた洗面室で、弘子が濡れた体を拭いていた。淡紅色に染まった裸身が美しい。

「これから出かけなきゃならなくなったんだ」

竜崎は切り出し、その理由を話した。

「それじゃ、すぐに行ってあげて」

「きみはどうする？」

「明日の朝、ちょっと早いのよ。だから、自分のマンションに戻るわ」

「追い出したみたいで、なんか悪いな。この埋め合わせはするよ」

竜崎は弘子を抱き寄せ、すぐに唇を重ねた。

弘子が舌を熱く絡《から》めてきた。二人は、ひとしきり舌を吸い合った。

くちづけが終わると、竜崎は浴室に入った。

ベッドで弘子が爪を立てた箇所に熱いシャワーを当てると、少し沁《し》みた。さきほどの狂おしい交わりが、ありありと脳裏に蘇《よみがえ》った。

欲望が息吹《いぶ》きそうになった。しかし、ふたたび弘子を抱く時間はない。

竜崎は気を逸《そ》らして、ざっと体を洗った。

浴室を出ると、弘子は居間にいた。すでに身繕《みづくろ》いを済ませ、ルージュも引いていた。

竜崎は、マスターテープとネガの入った角封筒を弘子に渡した。

「大事に保管しておくわ」

弘子が角封筒をクラッチバッグに収め、玄関に向かった。彼女の車は、マンションの地下駐車場に置いてある。ミニクーパーだ。

弘子を送り出すと、竜崎はすぐさま衣服を身につけはじめた。

カジュアルな恰好だった。いくらも時間はかからなかった。

竜崎は密談の複製テープと印画紙の束を茶色の書類袋に入れ、そのまま部屋を出た。

地下駐車場には、もう弘子の車はなかった。

竜崎は慌ただしくレクサスに乗り込み、東雪谷に向かった。夜更けの道路は、どこも空いていた。

瑠美のマンションに着いたのは、二十五、六分後だった。

竜崎は車を降りると、四方に目をやった。駐車場は無人だった。ロビーやエレベーターホールにも、取り立て屋らしい人影はなかった。どうやら集金を諦《あきら》め、引き揚げたようだ。

竜崎は瑠美の部屋に急いだ。

インターフォンを鳴らそうとすると、内錠を解《と》く音がした。瑠美は少し前から息を殺しながら、ドア・スコープを覗いていたらしい。

ドアが開く。

竜崎は玄関に入った。

「外には誰もいなかったよ」

「なら、帰ったのね。でも、まだ安心できないから……」

瑠美が不安そうな顔で言って、せっかちにシリンダー錠のつまみを横に倒した。さらに彼女は、ドア・チェーンまで掛けた。

——よっぽど恐ろしい思いをさせられたんだろう。かわいそうに。

竜崎は靴を脱いだ。

瑠美の後から、リビングに入る。竜崎は、ソファに坐る前に野上の遺骨に線香を手《た》向《む》けた。居間に戻り、瑠美と向かい合う。

最初に野上のメモを見せた。瑠美はそれを二度読むと、うっすらと目に涙を溜《た》めた。

竜崎は、わざと何も言わなかった。何か慰めの言葉をかけたら、瑠美が一層辛《つら》い気分になると考えたからだ。

竜崎は持参した超小型録音機に密談の複製テープをセットし、すぐに再生ボタンを押した。瑠美はテープの音声を聴きながら、写真を捲《めく》りはじめた。

「この男たちの悪事を知ったため、野上は三十六歳の若さで命を落とすことになったのね」

「あいつの死は無駄にはしないよ」

竜崎は自分に言い聞かせるような気持ちで呟き、ラークに火を点けた。

「これは、マスターテープなの？」

「いや、ダビングしたものなんだ。親テープとネガは用心のために、知り合いに預けたんだ。事後承諾みたいな形になってしまったがね」

「それはいいの。それより、このテープのことなんだけど、すぐに警察に届けたほうがいいのかしら？」

「それは、もう少し待ってくれないか。テープや証言の類《たぐい》だけじゃ、犯罪は立証できないんだ。何か物的証拠を摑まないとね」

「そうなの。後のことは、竜崎さんにお任せします」

瑠美が、また写真のプリントに目を落とした。

竜崎は煙草の火を消した。

それから数分後、テープが停止した。竜崎は瑠美に訊いた
「もう一度、聴くかい？」

「いいえ、もう結構よ」

「サラ金の取り立てがあんまり厳しいようだったら、お姉さんの家か友達のとこに少しの間、身を寄せたほうがいいかもしれないな」

「身内や友人に迷惑はかけたくないの。といって、ホテルに何日も泊まるだけの余裕はないし……」

「少しぐらいだったら、おれが用立ててやるよ」

「お気持ちは嬉しいけど、いつお返しできるかわからないから。いろいろ考えてみたんだけど、わたし、やっぱりブティックの経営をつづけることにしたの」

「そうか。頑張ってみなよ」

「ええ」

「それはそうと、明日の朝、どこかのホテルに移るといい。支払いの心配はいらないよ」

「あなたには、ご迷惑かけ通しね」

「今夜は、もう寝たほうがいいな。取り立て屋はもう戻ってこないさ」

「なんか不安で、とても眠れそうもないわ」

瑠美が言った。

「少し酒を飲めば、眠れるんだがな」

「お酒は飲みたくないわ。竜崎さん、勝手なお願いだけど、朝までここにいてもらえないかしら？」

「おれはかまわないが……」

竜崎は、瑠美の言葉の真意がわからなかった。未亡人が口にする言葉ではないはずだ。

「お願いします。竜崎さんのお蒲団は、和室に敷くわ」

「おれは長椅子で寝るよ」

「そういうわけにはいかないわ」

瑠美がソファから立ち上がり、和室に入った。客用らしい夜具を延べると、すぐに彼女は戻ってきた。

「どうぞ、あちらに」

「ここでよかったのに」

「あなたがソファで寝るつもりなら、わたし、朝まで眠らないわ」

「そいつは困る。あとで蒲団に入るから、先に寝てくれよ」

「ほんとにそうしてね。それでは、お先に」

瑠美は軽く頭を下げ、居間の向こう側にある寝室に引き籠った。

竜崎は一服してから、長椅子から立ち上がった。居間の電灯を消し、和室に入る。

枕許に電気スタンドが灯っていた。

新品のパジャマが用意されていたが、それには袖を通さなかった。竜崎は、下着姿で夜具に潜《もぐ》り込んだ。

しかし、眠れなかった。竜崎は野上の遺影を眺めながら、ぼんやりと時間を遣り過ごした。

二時間ほど経《た》ったころだった。

居間の向こうの寝室で、異様な唸り声がした。瑠美が悪い夢でも見て、魘《うな》されたらしい。呪文じみた苦しげな声が数分、断続的に響いてきた。

竜崎は心配になった。

幾度か、様子を見に行く気になった。だが、さすがに寝室に近づくことはためらわれた。

少し経つと、瑠美の唸り声が熄《や》んだ。

竜崎は胸を撫で下ろした。それから間もなく、彼はうとうとしはじめた。

どれほど経ってからか、襖《ふすま》の開く音で浅い眠りを解《と》かれた。

すぐそばに、ネグリジェ姿の瑠美が立っていた。竜崎は跳ね起きた。

「どうしたんだい？」

「わたし、不安でたまらないの。この先、どうやって生きたらいいのか……」

「いまは何も考えずに眠ることだよ」

「心細くて眠れないの。ひとりでいると、自分が何かしでかしそうで怖いんです。竜崎さん、わたしを救《たす》けて！」

瑠美が甲高い声で叫び、全身で竜崎に縋《すが》りついてきた。

竜崎は困惑した。瑠美は、ネグリジェの下にショーツしか着《つ》けていなかった。電気スタンドの淡い光で、裸身が透《す》けて見える。何とも妖《あや》しかった。

「居間で一緒に酒を飲もう」

「わたし、ひとりでは生きていけそうもないわ。どうすればいいの⁉　ねえ、教えて！」

瑠美が小娘のように漠《ばく》とした不安を訴え、さらに強くしがみついてきた。

弾みのある乳房が竜崎の鳩尾《みぞおち》のあたりに密着し、平たく膨《ふく》らんでいる。肌の温《ぬく》もりが優しい。

「人生、辛《つら》いことばかりじゃないさ」

「抱いて、わたしを抱いてちょうだい！」

「何を言ってるんだ。さあ、立って」

いた。

「いや、いやよ。わたし、このままじゃ、自分を支えられなくなっちゃうわ」

瑠美がそう言って、頬ずりしはじめた。その片腕は、竜崎の逞《たくま》しい首に巻きついていた。

「離れてくれ。野上の遺骨の前じゃないか」

「あなたに抱かれるなら、きっと野上も赦《ゆる》してくれるわ」

瑠美は竜崎の右手を自分の乳房に導くと、狂おしげに唇を押しつけてきた。

竜崎は欲情を催《もよお》しかけた。しかし、すぐに自制心が働いた。瑠美の舌の侵入を阻《はば》み、彼女の腕を振りほどく。

「自分の寝室に戻ってくれ」

「女に恥をかかせないで……」

「もっと冷静になれよ。二枚目ぶるわけじゃないが、いまのきみは抱きたくない。それに、まだ野上の納骨も済んでないんだ」

「わかったわ」

瑠美は硬い表情で言うと、すぐに離れた。部屋を走り出て、そのまま自分の寝室に駆け込んだ。

ドアの閉まる音に、悲鳴に近い嗚咽《おえつ》が重なった。

まずいことになった。竜崎は気が重くなった。

少し考えてから、辞去することにした。夜具から出て、手早く服を着る。いざ帰る段になったら、竜崎は気持ちがぐらついた。

心の不安定な瑠美を置き去りにしてもいいものか。明け方、また取り立て屋が押しかけてくるかもしれない。せめて瑠美をホテルに落ち着かせるまでは、ずっと一緒にいてやるべきなのではないのか。

そんな思いが強まってきた。

野上、自分はどうすべきなのか。竜崎は遺影の前に坐り込み、心の中で故人に問いかけた。

瑠美の泣き声は、なかなか止《や》まらない。

竜崎は立ち去れない気分になって、ふたたび夜具に身を横たえた。服を着たままだった。

十分ほどすると、急に嗚咽が聞こえなくなった。瑠美は泣き疲れて、どうやら寝入ってしまったらしい。

竜崎は電気スタンドの灯《ひ》を消し、そっと瞼《まぶた》を閉じた。

室内には、瑠美の肌の匂いが淡く残っていた。

花のような匂いだった。頭のどこかに、ネグリジェ姿の瑠美の残像がこびりついていた。

寝苦しかった。

竜崎はモラリストではない。女に関しても、据《す》え膳《ぜん》は喰ってきた。しかし、相手と場所が悪い。いくらなんでも、死んで間もない親友の妻を遺影の前で組み敷くわけにはいかなかった。

それでも久しく女の肌に触れていなかったら、欲情を退《しりぞ》けられなかったかもしれない。何時間か前に肌を重ねた弘子に感謝したいような心持ちだった。

瑠美を傷つけたかもしれないが、これでよかったはずだ。

竜崎は自分に言って、寝返りを打った。

そのまま横になっていると、また睡魔が襲ってきた。いつしか寝入っていた。

目を覚ましたのは、明け方だった。

竜崎は瑠美のことが気になった。和室を出て、居間に入った。瑠美の姿は見当たらない。カーテンも閉まったままだった。

まだベッドの中にいるのだろう。

竜崎はそう思いながら、何気なくコーヒーテーブルの上に視線を投げた。

複製の密談テープと写真の束が、そっくり消えていた。瑠美が自分の寝室に持ち込んだのか。竜崎は何か見えないものに背を押されて、寝室に歩み寄った。

すると、ドアが細く開いていた。

竜崎は部屋の奥に声をかけた。

「テープと写真は、そっちにあるんだね？」

「………」

応答はなかった。

竜崎は厭《いや》な予感を覚え、ドアを押し開けた。

瑠美はいなかった。ベッドの上に、ネグリジェが脱ぎ捨てられている。クローゼットの扉は半開きだ。

竜崎は玄関ホールに走った。

玄関ドアのロックは解かれていた。誰かが押し入った気配はうかがえない。瑠美は竜崎が眠っている間に、こっそり部屋を出ていったようだ。

——おれに恥をかかされたと思って、顔を合わせたくなかったんだろうか。そうだとしても、なんで複製テープや写真まで持ち出す必要があったんだろう？

竜崎には、瑠美の行動が不可解だった。

瑠美はテープや写真を持って警察に駆け込む気になったのだろうか。あるいは、山谷か魚住に迫って、夫殺しの事実を吐かせるつもりなのか。

どちらとも考えられた。前者なら、なんの心配もない。しかし、後者だとしたら、瑠美は自ら危険を買ったことになる。

瑠美から、何か連絡があるかもしれない
竜崎は顔を洗うと、居間のソファに腰を沈めた。

4

陽が高くなった。

もうじき午前十時だ。

竜崎は電話機のそばに立っていた。依然として、瑠美からの連絡はない。

どこに行ったのか。

竜崎は居間を出て、玄関に歩《ほ》を運んだ。

ドア・ポストから朝刊を抜き取り、居間に戻る。何かをしていなければ、気分が落ち着かなかった。

竜崎は長椅子に腰かけて、社会面を拡《ひろ》げた。

小さな記事が目に留《と》まった。記事のあらましは、次の通りだった。

きのうの午後、駿河湾で沈没船検証中のプロダイバーが水深八十メートルの海底で、二十数体の腐乱死体を発見した。そのうちの十五体は腕、乳房、腿などを切断された女性で、残りは東南アジア系やイラン人らしい男性だった。

男たちは全員、臓器の一部を抉《えぐ》り取られていた。遺体の両足首には、例外なく重い鉄の塊《かたまり》が括《くく》りつけられていた——。

竜崎は記事を読み終えたとき、山谷や魚住の仕業《しわざ》であることを確信した。

首都圏で拉致されたセクシーな美女たちは、やはり性の奴隷にされていただけではなかったようだ。おそらく残酷な遊戯の獲物にされ、肉体の一部を切り落とされてから、息の根を止められたのだろう。

不法残留のアジア人たちは麻酔で眠っている間に、生体から肝臓や腎臓を摘出されたにちがいない。そのまま放置され、彼らは絶命してしまったのではないのか。

大筋は間違っていないだろう。竜崎は、異常な殺人者たちに烈《はげ》しい憎悪を覚えた。

臓器移植希望者や死期の迫った重病人を収容した〝闇病院〟は、伊豆半島のどこにあるのか。一善会附属病理研究所のスタッフや拉致された男女も、そこにいる可能性が高い。

竜崎は朝刊を投げ出し、プッシュフォンを引き寄せた。

すぐに『リスク・リサーチ』に電話をかける。オフィスは年中無休で稼働していた。

ややあって、先方の受話器が外れた。

竜崎は名乗り、若い男性スタッフに早口で言った。

「悪いが、大急ぎで山谷グループが伊豆半島に所有してる不動産のすべてをリストアップしてくれないか。そうだな、特に『フロンティア・コーポレーション』名義のリゾートホテルを入念に調べてほしいんだ」

「わかりました。いま、ご自宅でしょうか？」

「いや、出先なんだ」

竜崎は野上宅の電話番号を教え、電話を先に切った。

煙草を喫《す》いながら、折り返しの電話を待つ。待つ時間は、やけに長く感じられた。

回答があったのは、十数分後だった。

「遅くなりました。まず『フロンティア・コーポレーション』のリストから読み上げますね」

「ああ、頼む」

竜崎はメモを取る用意をした。

「東京から近い順に言うと、函南《かんなみ》、熱海、伊東に会員制のリゾートホテルを持ってましたが、その三つとも転売されてますね」

「リストを全部読んでくれなくてもいいんだ。どこかに工事をストップしたままのリゾートホテルはない？」

「ありますよ、西伊豆に」

「詳しい場所を教えてくれないか」

「はい。旧・戸田村《へだむら》（現・沼津市戸田）の外れに建設中のホテルが八分通りでき上がったところで、なぜか工事が中止になってます。大瀬崎《おせざき》という岬の付け根から二キロほど戸田村の井田に寄った所です」

「そのホテルの名は？」

「大瀬崎マリンホテルです」

「多分、そこだろう」

「竜崎さん、うちの所長があなたのことを心配してましたよ。現金輸送車襲撃事件以外の事件にも首を突っ込んでるようだって」

　相手が遠慮がちに言った。

「一見どれも別々の事件のようだが、最初の現金強奪事件と微妙に絡《から》まり合ってたんだよ」

「ええっ」

「近いうちに、報告書を出せると思うよ。ありがとう」

　竜崎は受話器を置いた。

　すぐにも西伊豆の戸田村に車を飛ばしたい気分だった。しかし、瑠美のことが気がかりで部屋から出られなかった。

　長い時間が虚《むな》しく過ぎ去った。

瑠美から電話がかかってきたのは、午後一時過ぎだった。

「どこにいるんだ？　なぜ、黙って外に出て行ったんだい？」

「竜崎さん、救けて！　わたし、いま……」

瑠美の声が途切れ、すぐに悲鳴が聞こえた。

竜崎は呼びかけた。だが、瑠美の返事はなかった。

ややあって、山谷の声が響いてきた。

「おい、竜崎！　複製テープと写真のプリントは手に入れたぜ」

「やっぱり、野上の奥さんはあんたの所に行ったのか」

「この女は、取引を持ちかけてきたんだよ。三千万円でテープと紙焼きを買えってな。サラ金の借金をきれいにして、ブティックの経営に本腰を入れたいとか言ってた」

「まさか!?」

「甘いな。女ってやつは、強《したた》かな動物だぜ」

「瑠美さんには手を出すな！」

竜崎は高く叫んだ。

「おまえがマスターテープとネガを持ってくりゃ、この女は渡してやるよ」

「わかった。そっちの条件を呑《の》もう。ただ、少し時間をくれないか」

「なぜだ？」

「マスターテープとネガは、ある場所に隠したんだよ。それを取りに行く時間が欲しいんだ」

「それじゃ、その場所で落ち合おう」

「そいつは駄目だ。そこは人気《ひとけ》のない場所だから、こっちには条件が悪すぎる」

竜崎は、もっともらしく言った。

なんとかマスターテープを複製する時間が欲しかったのだ。できることなら、写真のプリントも手許《てもと》に残しておきたかった。

「どのくらいの時間が欲しいんだ？」

山谷が問いかけてきた。

「三時間もあれば……」

「いいだろう。それじゃ、午後四時に汐留《しおどめ》の浜離宮《はまりきゅう》公園に来てくれ。芝《しば》離宮公園と間違えるなよ」

「浜離宮のどこで落ち合う？」

「中央卸売市場側に梅林があるから、そこに来い！」

「あんた自身が来るのか？」

竜崎は訊いた。

「秘書の植田が、野上の女房を連れていく。品物と引き換えに女を返してやるよ」

「約束を破ったら、あんたと魚住を殺すぜ」

「安心しろ。約束は守る。ただし、またテープをダビングしたりしたら、女もきさまも消すことになるぞ」

「わかってる」

「午後四時だ。遅れるな！」

山谷が先に電話を切った。

竜崎はフックを指で押し、すぐに弘子の店に電話をかけた。当の弘子が受話器を取った。

「おれだ。きみに預けた物はどこにある？」

「近くの銀行の貸金庫に保管したの」

「大急ぎで、それを取りに行ってくれないか。野上の奥さんが敵の手に落ちたんだ」

竜崎は手短に経緯《いきさつ》を話し、ほどなく電話を切った。

すぐさま部屋を出る。ドアの戸締まりが気になったが、仕方がなかった。

竜崎は車を自由が丘に走らせた。

数十分後、弘子の店に着いた。弘子は、すでに銀行の貸金庫からマスターテープと写真のネガを引き取っていた。

「警察の力を借りたほうがいいんじゃない？」

弘子が心配顔で言った。店には二人だけしかいなかった。

アルバイト店員は、配達に出かけているらしかった。店内には、花の甘い匂いが濃密に籠っている。

「そんなことをしたら、野上の奥さんまで殺されちまう」

「ああ、どうすればいいんでしょう⁉」

「マスターテープとネガは、敵にくれてやる。もちろん、どっちも控えを取るつもりだ」

「それがわかったら、山谷という男はきっと野上さんの奥さんとあなたを殺すわ」

「そうはさせない。近くにスピード現像をやってるＤＰＥ屋は？」

「この通りの三、四百メートル先にあるわ」

「また、ここに戻ってくるよ」

竜崎は角封筒を受け取ると、慌《あわ》ただしく表に飛び出した。

スピード現像の店でネガのプリントを頼み、自分の車に戻った。マイクロテープをダビングしてから、第三海保に電話をかけた。

待つほどもなく、畑の声が流れてきた。

「やあ、どうも！」

「その後、捜査は進展してるのかな？」

「それが足踏み状態でしてね」

「しっかりしてくれよ」

「その口調だと、竜崎さんのほうは何か摑みましたね？」

「まあな。この事件は、もう大詰めを迎えたよ」

「ま、まさか？」

「ほんとだって。おれひとりで何とかしようと思ったんだが、ちょっと危《ヤバ》い状況になってきたんだ。最終的にはそっちに手柄を立てさせてやるから、ちょっと協力してくれないか」

竜崎はこれまでの経過をかいつまんで話し、午後四時に浜離宮公園で山谷の秘書と会うことを明かした。

「それじゃ、その植田って秘書を逮捕《パク》りますよ」

「いや、そいつはまずいんだ。植田を検挙《アゲ》たら、おそらく山谷たちは拉致した連中を皆殺しにして、〝闇病院〟をどこかに移すだろう。だから、わざと植田を泳がせて、尾行してほしいんだよ」

「西伊豆の〝闇病院〟を突きとめてから、敵を一網打尽にしろってことですね？」

畑が弾んだ声で言った。

「そういうことだ。それから、まだ神奈川県警の連中には内密にしておいてくれないか。捜査員が大勢で張り込んでたら、敵に覚《さと》られちまうからな」

「わかりました。うちの若い奴と二人で行きますよ」

「しっかり頼むぜ。言うまでもないだろうが、梅林には近づかないでくれ」

竜崎は電話を切ると、ラークを二本喫《す》った。

プリントだけなら、二十分で仕上がるという話だった。時間を見計らって、写真屋に足を向けた。紙焼きは、でき上がっていた。

竜崎は弘子の店に戻り、ダビングテープと写真の束の入った袋を預けた。

「おれに何かあったら、第三海保にいる畑正隆って男にテープと写真を届けてくれないか」

「宛先、いま、わかる?」

「ああ」

竜崎は送り先の住所をメモした。弘子が心配顔で訴えた。

「お願いだから、命を粗末にしないでね」

「無茶をやるほど若くはないさ」

「四時なら、まだ時間があるわね。すぐにコーヒーを淹《い》れるわ」

「せっかくだが、今度、ご馳走になるよ。早めに約束の場所に出かけて、逃げ道の下見をしておきたいんだ」

「それは賢明だわね。それじゃ、気をつけて！」

「行ってくる」

竜崎は大股で店を出て、レクサスに乗り込んだ。背中に弘子の視線を感じたが、わざと振り向かなかった。

車を発進させる。

目黒通りから桜田通りを走り、東新橋に出た。少し行くと、高速一号羽田線が見えてきた。その向こう側が浜離宮公園だ。公園の端は隅田川に面している。

竜崎は左手首のコルムを見た。

約束の時間まで、まだ三十分ほどあった。

海岸通りをゆっくりと走り、築地の魚市場の方に回ってみる。筋者らしい男たちの姿は、どこにも見当たらない。第三海保の畑もいなかった。

竜崎は汐留ランプの近くの海岸通りにレクサスを駐《と》め、浜離宮公園の中に入った。

マスターテープとネガは、英国製のパーカの内ポケットの中に納まっている。

手入れの行き届いた庭園には三つの池があり、畔《ほとり》はそれぞれ樹木で彩《いろど》られていた。

遊歩道には、カップルや中高年者の姿が多く見られた。誰もが、そぞろ歩きだった。

竜崎は急ぎ足で、園内を一巡してみた。

まだ怪しい人影はない。

しかし、敵がすんなり瑠美を引き渡すとは思えなかった。おそらく山谷は衣笠組の組員を使って、竜崎を押さえる気なのだろう。瑠美も拉致するつもりなのではないか。

ほぼ中央に位置している細長い池を回り込むと、右手に梅林があった。花はまだ七《しち》分《ぶ》咲きだったが、割に人が群れている。

——いくら奴らだって、ここではおかしな真似はしないだろう。

竜崎は梅林のそばの遊歩道にたたずみ、ラークに火を点けた。

紫煙をくゆらせながら、さりげなく周《まわ》りを眺め渡す。依然として、不審な人影は見えない。

三本の煙草を灰にした直後だった。

入口の方から、一組の男女がやってきた。女は瑠美だった。白っぽいコートを着ている。顔が蒼ざめていた。

男は三十四、五歳だった。

植田が低く命じて、竜崎たちの背後に回り込んだ。

竜崎は瑠美を促《うなが》し、足を踏み出した。植田が数メートル後ろから、ゆっくり従《つ》いてくる。畑はどこにいるのか。

竜崎は歩きながら、あたりに目を配った。

しかし、どこにもいなかった。公園を出て、レクサスに向かう。

植田は執拗に従いてくる。いつしか陽が翳《かげ》りはじめていた。

竜崎は瑠美を助手席に坐らせ、運転席に入った。

植田は車道の端に立ったまま、ただ黙っている。近くに仲間のいる気配はなかった。

――このまま済むはずはないんだが……。

竜崎は訝《いぶか》しく思いながら、車を発進させた。

汐留ランプの少し手前まで走り、いきなり車をスピンさせた。タイヤが軋《きし》み、煙が立ち昇った。

どこかでクラクションが、けたたましく鳴り響いた。ブレーキ音も轟いた。

敵の尾行を撒《ま》いてやる。

竜崎はアクセルを深く踏み込んだ。

上体が背凭《せもた》れに吸い寄せられる。芝浦まで一気に走った。

竜崎はミラーを仰《あお》いだ。怪しい車は一台も追ってこない。

しかし、念のために用心したほうがよさそうだ。芝浦の運河の手前で、竜崎はレクサスを右折させた。さらに加速する。

数百メートル走ると、瑠美が口を開いた。

「少し休ませて。恐ろしさと緊張で、ちょっと吐き気がするの」

「それじゃ、ここで休もう」

竜崎は減速し、路肩いっぱいに車を寄せた。

パワーウインドーを下げる。車内に外気が流れ込んできた。

瑠美はハンカチで口許を覆《おお》って、下を向いている。必死に吐き気を堪《こら》えているようだ。

「車を降りて、しばらく風に当たったほうがいいかもしれないな」

「ここで少し休めば、大丈夫だと思います」

「喋らないほうがいい」

竜崎は言って、ドアミラーに目をやった。

次の瞬間、左の太腿に尖《とが》った痛みを感じた。一瞬、何が起こったのかわからなかった。

あろうことか、瑠美が針付きのアンプルを突き立てていた。

「何をするんだっ。もしかしたら、きみが敵の奴らを手引きしたんじゃないのか！」

竜崎は瑠美の肩を突き、針を引き抜いた。

針の先から薬液が迸《ほとばし》り、スラックスを濡らした。アンプルの薬液は、まだ半分も減っていない。

「赦《ゆる》して、赦してちょうだい」

瑠美が詫びながら、車の外に飛び出した。

竜崎は、すぐさま車を降りた。アンプルを路面に叩きつけ、逃げる瑠美を追いはじめる。
五、六十メートル走ると、全身が痺《しび》れてきた。目も霞みだした。アンプルの中身は麻酔薬だったらしい。キシラジンだろうか。
竜崎は走れなくなって、車道にうずくまった。

瑠美の後ろ姿が、どんどん小さくなっていく。自分の迂闊《うかつ》さを呪《のろ》ったとき、体が自然に転がった。起き上がれない。

数秒後、竜崎の意識は混濁した。

5

女の悲鳴が耳を撲《う》った。

絶叫に近かった。その声で、竜崎は意識を取り戻した。コンクリートの上に転がされていた。

体の自由が利《き》かない。

鎮静衣を着せられ、革《かわ》の防声具を嵌《は》められている。屋外ではなかった。地下広場のような場所だった。西伊豆の〝闇病院〟だろう。

竜崎は転がって、体の向きを変えた。

二十メートルほど離れた所に、回転木馬《メリーゴーラウンド》があった。

ターンテーブルは回っていた。木馬の上には、全裸の若い女たちが跨《また》がされている。

五人だった。一様に白い裸身は傷だらけだ。

全員、背の後ろで両手首を鉄の鎖《くさり》で縛られていた。

女たちは、揃《そろ》って肉感的な肢体《したい》をしている。都内で次々に失踪した美女たちにちがいない。

旋回するターンテーブルの周囲には、車椅子に乗った男たちが七、八人いた。

その大半は老人だったが、明らかに日本人ではなかった。東南アジア系やペルシャ系の男たちだった。

白人もいた。男たちは痩せ細って、生彩がない。

それでいて、落ちくぼんだ目には異様な光が宿っている。

三十代後半らしい金髪の男は、ほとんど骨と皮だけだった。やはり、青い目だけが爛々《らんらん》と輝いている。エイズ患者かもしれない。

男たちはそれぞれ短剣《スウオード》、洋弓《アーチエリー》、吹き矢《ブロウ・ガン》、ブーメラン、鋲打ち銃《リベットガン》、洗車用のジェット噴水器などを手にしていた。裸の女たちを標的にして、陰湿な嬲《なぶ》り方をしている最中だった。男たちは、歪《ゆが》んだ笑みを浮かべていた。

「てめえら、なんてことをしてやがるんだ!」

竜崎は怒りに駆られて、大声で叫んだ。

しかし、その声は防声具で圧《お》し殺され、自分の耳にしか届かなかった。

女のひとりが悲鳴をあげながら、木馬から転げ落ちた。

その白い脇腹には、鋲《リベット》と短剣が突き刺さっていた。血の条《すじ》が痛々しい。

中央のポールのそばに立っていた組員風の男が、転げ落ちた女に歩み寄った。能面のように表情がなかった。

男は女をふたたび木馬に跨がらせると、元の場所に戻った。中断されていたサディスティックなゲームが、すぐに再開された。

五人の女は代わるがわる木馬から落下した。

落ちるたびに、裸身を染める鮮血の面積が広くなっていく。

女たちは苛酷な拷問を受け入れる気になったのか、誰ひとりとして抵抗しなかった。逆《さか》らったら、即座に殺されることを知っているのだろう。

車椅子の男たちの頬には、残忍な笑みが貼りついたままだ。どの顔も、ひどく醜かった。

竜崎は全身が熱くなった。

義憤のせいだった。手脚《てあし》が動いたら、男たちを木馬に跨がらせ、ひとりずつ鉄製のブーメランで首を刎《は》ねてやりたい気分だ。

五人の女は異常者どもにとことん弄《もてあそ》ばれ、しまいには切り刻まれることになるのだろう。山谷と魚住は余命いくばくもない金満家たちに暗い愉悦《ゆえつ》を与え、彼らから法外な入院費を取っているにちがいない。

五人の女が血みどろになったころ、三人のやくざが近づいてきた。

衣笠組か、梅川組の組員だろう。

竜崎は男たちに引きずられて、回転木馬のある地下広場から運び出された。広い廊下を引き回され、奥の別室に連れ込まれた。

そこは、タイル貼りの部屋だった。

手術室だろうか。無影灯の下に大きな手術台があり、裸の女が横たわっていた。仰向けだった。顔はよく見えなかった。

手術台のそばに、四十七、八歳の男と四十前後の男が立っている。

年嵩《としかさ》のほうは獅子《しし》のような顔つきだった。

体型もずんぐりとしている。若いほうは、黒ずくめの服装だった。骨張った顔で、典型的な三白眼《さんぱくがん》だ。どうやら男たちは犯罪組織の大幹部らしかった。

「防声具を取って、そいつを立たせてやれ」

黒ずくめの男が、三人の手下に言った。

三人は言われた通りに動いた。抱え起こされた瞬間、竜崎は声をあげそうになった。手術台の上にいるのは、なんと瑠美だった。麻酔ガスを嗅がされたのだろう。

「どういうことなんだ？　彼女は、おまえらの仲間じゃないのか」

竜崎は、四十七、八歳の男に声を投げつけた。

「その女は仲間なんかじゃねえ」

「ただ利用しただけなのか！」

「そうだよ。甘っちょろい女だぜ。山谷社長の言葉をまともに信じて、おれたちに協力したんだからな。あの社長が、おとなしく三千万も払うわけねえのに」

男が鼻先で笑った。

「おまえは衣笠組の者だな？」

「おれが組を預かってる衣笠だよ。こっちにいるのは、うちの金森だ」

衣笠がそう言い、黒ずくめの男にちらりと目をやった。金森が意味もなく笑った。

「ここは大瀬崎マリンホテルだな？」

竜崎は、衣笠に顔を向けた。

「ああ、そうだ」

「山谷は魚住とつるんで、ここを〝闇病院〟にしたんだな。そして、不法残留のアジア人の臓器をリッチなレシピエントに与え、死期の迫った重病人にはモルヒネを大量に投与して、東京周辺から引っさらってきた女たちを宛《あてが》ってたんだろ！」

「まあ、そんなとこだ。それより、マスターテープと写真のネガはどこにある？」

「夕方、浜離宮公園で山谷の秘書に渡しただろうが！　何を言ってるんだっ」

「おれたち稼業人は、堅気《ネス》に騙《だま》されるほど人間が甘かねえんだよ」

衣笠が厚い唇を歪《ゆが》め、かたわらの金森に目配せした。

金森が腰の後ろから匕首《あいくち》を引き抜いた。

白鞘《しらさや》は手垢《てあか》で黒ずんでいた。鞘が払われた。

刃渡りは三十センチ近かった。波形の刃文《はもん》が鮮やかだった。

「刺したきゃ、刺せ！」

「おめえを殺《や》るのは、マスターテープとネガを手に入れてからだ」

金森がそう言い、手術台に歩み寄った。すぐに瑠美の片方の乳房を鷲掴みにすると、裾野のあたりに刃を押し当てた。

「そんな脅しじゃ、切り札にはならないぜ」

竜崎は虚勢を張った。

金森が三白眼を凄《すご》ませ、匕首を軽く横に滑らせた。赤い線が刻まれた。血の粒が弾け、幾条《いくすじ》かの糸が垂れはじめた。

竜崎は追い詰められた気分になった。瑠美の裏切りは腹立たしかったが、むざむざと殺されるところを眺める気にはなれなかった。

瑠美は身じろぎひとつしない。まだ麻酔が効いているようだ。

「次は乳首を断ち切るぜ。最後は下の花びらを二枚とも削《そ》いでやる」

「やめろ！　マスターテープとネガは、おれのマンションにある」

竜崎は時間を稼ぐ気になった。

「てめえの家《ヤサ》は、もう組《うち》の若い者が家捜《やさが》ししたよ。何も出てこなかったらしいぜ」

「抜け目ないな」

「花屋の女主人も預かってねえようだったよ」

「くそっ、弘子まで人質に取ったのか」

「若い者がドスでちょいと脅しただけさ。けど、度胸のいい女だったらしいぜ。おめえの女は開き直って、店と自宅を家捜ししろって啖呵《たんか》を切ったってよ」

金森が言った。

「もう弘子は解放されたんだな？」

「いや、まだだ。いまごろは若い者が、おめえの女の上にのしかかってるかもしれねえな。そっちの出方によっちゃ、弘子って女《スケ》もここで死にかけてる爺さんたちの玩具《おもちゃ》に……」

「弘子のとこにいる若い連中をすぐに引き揚げさせてくれ」

「マスターテープとネガを拝んだら、そうしてやらあ」

「どっちも、おれが身につけてるんだ」

竜崎は苦し紛《まぎ》れに言った。むろん、嘘だった。

「ふざけんな。てめえのポケットは全部、調べさせたんだ」

「嘘じゃない。マスターテープとネガは背中に粘着テープで貼りつけてあるんだよ」

「嘘つきやがったら、てめえのマラをぶった斬《ぎ》って喉の奥に突っ込むからな！」

「惚れてる女を人質に取られたんじゃ、もう逆らえないよ。調べてみりゃ、すぐにわかるさ」

「よし、調べてみよう」

金森が言って、三人の舎弟に合図した。

男たちが竜崎の鎮静衣を脱がせた。革手錠を解きかけた男に、金森が慌《あわ》てて声をかけた。

「おい、そいつはそのままにしておけ」

「はい」

「早く野郎の背中に手を突っ込んでみろ！」

「わかりやした」

男がそう応じ、すぐに竜崎の後ろに回り込んだ。片膝を床に落とし、竜崎のセーターと長袖シャツの裾を捲《めく》った。

その瞬間、竜崎は体を捻《ひね》った。

後ろの男の額に肘打《エルボー》ちを見舞い、両側にいる二人を回し蹴りで倒した。床が派手に鳴った。

「てめえ」

金森が喚《わめ》いて、刃物を閃《ひらめ》かせた。

竜崎は横に跳《と》び、膝を胸の近くまで引きつけた。

金森を踏みつけるような感じで腰を押し出し、底足《そこあし》で思うさま蹴りつけた。蹬脚《とうきやく》は、きれいに極《き》まった。金森が体を二つに折って、数メートル後方に尻餅をついた。匕首《あいくち》が床に落ち、無機質な音を刻んだ。

後ろで、若い組員のひとりが起き上がる素振りを見せた。竜崎は後ろ回し蹴りを放った。

長い脚が、男の側頭部を捉《とら》える。男が短く呻いて、再び床に転がった。

「動きやがったら、撃《ハジ》くぜ」

不意に衣笠が大声を張りあげた。

両手保持で、スミス＆ウェッソンM559モデルを構えていた。銃把《グリップ》が太い。複列弾倉《ダブルコラムマガジン》だった。薬室《チエンバー》の初弾を含めると、実に十五発も装弾が可能だ。

竜崎はやや腰の位置を低くし、自動拳銃の引き金《トリガー》を見た。

衣笠の人差し指は、第一関節の先だけしか引っ掛かっていない。それを知って、恐怖が薄れた。

いまの状態で引き金を絞っても、まず狙いが狂う。反動の大きな拳銃は両手の指で引き金を一気に手繰《たぐ》らなければ、人体標的《マン・ターゲット》は撃ち抜けない。

竜崎は前に出ると見せかけ、素早く横に動いた。誘いだった。

案《あん》の定《じょう》、重い銃声がした。

腸《はらわた》に響くような轟音だった。部屋全体が揺れた。

銃弾は竜崎の一メートルほど離れた空《くう》を抜け、音をたてて壁に埋まった。

鋭い反動で、衣笠の両腕は頭の高さまで跳《は》ね上がっていた。反撃のチャンスだ。

竜崎は一気に踏み込んで、疾風《はやて》のような回し蹴りをくれた。

空気が大きく揺れ、衣笠が横倒れに転がった。拳銃が床で跳ね、二発目の弾丸を吐いた。暴発だった。

衣笠がM559に右手を伸ばした。

竜崎は衣笠の頭を蹴りつけ、先に自動拳銃を両手で拾い上げた。革手錠が邪魔だったが、銃把はしっかと握ることができた。

両手の人差し指をトリガーに深く絡《から》める。

「五人とも腹這《はらば》いになるんだ！」

「堅気《ネス》に撃《ハジ》けるもんか」

上体を起こした衣笠が、せせら笑った。

竜崎は無造作に撃った。威嚇《いかく》射撃だった。

放った銃弾は衣笠の肩の真上を駆け抜け、後ろにある医療機器を砕いた。

「も、もう撃つな」

衣笠が戦《おのの》き、真っ先に床に這った。残りの四人が組長に倣《なら》う。

その直後だった。

三人の男が手術室に躍《おど》り込んできた。おのおのが日本刀、鉄パイプ、六尺棒を握っている。男のひとりが床の五人を見て、名古屋弁で驚きの言葉を洩《も》らした。

「武器を捨てろ」

竜崎は、衣笠の頭に銃口を向けた。

駆けつけた男たちが顔を見合わせてから、相前後して武器を足許に投げ捨てた。竜崎は段平《だんびら》をぶら下げていた男に手術室のドアを閉めさせ、さらに内錠を掛けさせた。

三人の男は従順だった。進んで床に這いつくばった。

「みんな、頭の上に両手を載《の》せろ」

竜崎は八人の筋者に命じ、歯で革手錠の留具《とめぐ》を外した。手首を数回捩《ねじ》ると、革帯ごと手錠は足許に落ちた。

「番犬どもは、後どのくらいいるんだ？」

　竜崎は衣笠に訊いた。

「上の階に、五、六人いるはずだ」

「山谷と魚住は、ここにはいないんだな？」

「今夜、ここに来ることになってるんだ。正確な時間はわからねえけどな」

「臓器移植を希望してる連中や死期の近い重病人たちは、何階にいるんだ？」

「移植手術を受けた奴らは八階にいるよ。末期の癌患者やエイズに罹《かか》った連中は七階にいる。そいつらは、いま地下広場で……」

「堀越たち元ドクターは、どこにいる？」

「八階の特別室の奥にある医局にいるよ」

「看護師たちは？」

「ここにゃ、看護師なんかいねえんだ。うちと梅川組の若い者が看護師の真似事をしてるんだよ」

　衣笠が答えた。

「竹下奈央と病理研究所で一緒に働いてた看護師たちは、どうしたんだ？」

「多分、研究所を引き払うときに堀越先生たちが始末したんだろう」

「拉致してきた男は、まだ何人か生き残ってるのか？」

「野郎は全員、始末しちまったよ。けど、東京でさらってきた女たちは、まだ何人か地下室で飼《か》ってる」

「飼ってるだと！　ふざけんな」

竜崎は衣笠の顔面を蹴りつけ、目で電話機を探した。

それは部屋の隅にあった。竜崎は敵の男たちをM559で脅しながら、電話機に近づいた。コードレスフォンだった。

竜崎は、弘子の店に電話をかけた。

受話器は外れなかった。自宅マンションにかけ直すと、すぐに男の声が響いてきた。

「金森の兄貴ですね？」

「衣笠と金森は床に這いつくばって、二人ともびくついてるよ」

「誰なんだ、てめえは！」

相手が声を荒《すさ》ませた。

「仲間と一緒に、その部屋から出ろ！　言う通りにしないと、衣笠たちの頭をミンチにしちまうぞ」

「はったりかますんじゃねえ。てめえの話がほんとだってことがわからなきゃ、おれたちは一歩も動かねえ！」

「吼《ほ》えるな、チンピラが。待ってろ」

竜崎は電話の相手に言って、衣笠のそばに屈《かが》み込んだ。コードレスフォンを無言で衣笠の耳に押し当てる。

「おい、言われた通りにするんだ」

衣笠が苛立《いらだ》たしげに叫んだ。

竜崎はコードレスフォンを自分の耳に戻し、おもむろに立ち上がった。

「そういうわけだ。さっさと部屋から出るんだな」

「わ、わかったよ」

「弘子を電話口に出してくれ」

「待っててくれ」

男の声が遠ざかった。ざわめきが伝わってきた。侵入者たちが玄関に向かったようだ。

ややあって、弘子の声が流れてきた。

「無事なのね？」

「ああ、元気だ。男たちは、どうした？」

「いま、部屋から出ていったわ」

「何かされなかったか？」

「一度、腕を捩《ねじ》り上げられただけ。いま、どこにいるの?」

「西伊豆だよ。敵のアジトだ。例のものは?」

「あなたが出ていってから、第三海保の畑さん宛に速達小包で……。いけなかった?」

「いや、賢明な処置だったよ」

「すぐ警察に連絡するわ。そこの詳しい場所を教えてちょうだい!」

「もうじき片がつく。死にやしないさ。ドアをロックして、部屋で待っててくれ」

竜崎は停止ボタンを押し、山谷と魚住のオフィスに電話をかけた。二人とも、だいぶ前に西伊豆に向かったという話だった。

コードレスフォンを元の場所に置いたとき、ふと麻酔装置が目に留まった。

さっきは、それに気づかなかった。いまは、それだけ沈着さを取り戻したということだろう。送気管の先には、マスクがセットされていた。

簡単なバルブがいくつかあるきりだ。操作は、それほど難しそうではない。

竜崎は、八人の男に麻酔ガスを吸わせることを思いついた。

ひとりずつ呼び寄せ、酸素と麻酔を混合してあるガスを吸引させはじめた。ガス流量計の針が大きく動くたびに、男たちは呆気《あっけ》なく意識を失った。

竜崎は手術台に近寄り、瑠美の頬を平手で軽く叩きはじめた。

十回ほど頬を張ると、瑠美がうっすらと瞼《まぶた》を開けた。だが、まだ目の焦点が定まっていない。竜崎は静かに待った。
三、四十秒経つと、瑠美は竜崎に気がついた。
同時に、彼女は跳ね起きた。弾みで、乳房が揺れた。

血は、もう止まっていた。

「逃げなくてもいいんだ。きみを痛めつける気はない」

「わたしって、救いようのない女ね。だけど、最初っから山谷たちの手先だったわけじゃないのよ。お金が欲しくて、つい……」

瑠美が両膝を抱え込み、胸と股間をさりげなく隠した。

「服はどこにあるんだ？」

「わからないわ。手術台に寝かされる前に素っ裸にされてしまったの」

「近くにはなさそうだな」

竜崎は倒れている金森の黒い上着を脱がせ、それを瑠美に与えた。

瑠美が礼を言って、だぶだぶの上着を羽織った。男物の上着は丈《たけ》もだいぶ長かった。

瑠美はハーフコートを着ているような感じになった。

ボタンを掛けると、下腹部は完全に見えなくなった。上着の裾は、ほどよく肉のついた腿《もも》の中ほどまで達していた。

「これから、どうする気なの？」

「監禁されてる女たちを救い出す。きみも手伝ってくれ」

「わたしを赦《ゆる》してくれるの？　警察に引き渡されても当然なのに」

「きみは魔が差したんだよ」

「竜崎さん……」

「急ぐんだ。めそついてる暇《ひま》なんかない」

「はい！」

瑠美が短く応じ、手術台から降りた。

竜崎は床に転がっている金森の匕首を摑み上げ、それを護身用に瑠美に持たせた。

二人は手術室を出ると、地下室に駆け降りた。

東京から拉致された女たちは、いちばん奥の部屋に閉じ込められていた。

竜崎は銃把で南京錠をぶち壊し、六人の若い女を救い出した。女たちは透《す》け透けのベビードールを着せられているだけだった。

竜崎は、ひとまず女たちをホテルの敷地の外に導いた。闇が深く、敵の残党にはまったく気づかれなかった。

ホテルは小高い場所にあった。はるか下の方に、民家の灯が見える。

竜崎は瑠美に言った。

「きみはこの連中を連れて、下の民家のどこかに駆け込んでくれ」

「竜崎さん、あなたはどうするの？」

「おれのことは心配するな。早く走るんだ！」

「ありがとう。それじゃ、先に行きます」

瑠美が六人の女を急《せ》きたて、小走りに走りはじめた。

足音は低い。七人とも裸足《はだし》だった。

竜崎はホテルに取って返した。

地下広場まで一気に駆けた。メリーゴーラウンドでは、まだ残忍なゲームが続行されていた。

竜崎は敵の一味を銃把で撲《なぐ》り倒し、車椅子の男たちの胸や腹を順番に蹴りつけていった。男たちは次々に椅子から転げ落ち、のたうち回りはじめた。

竜崎は木馬から五人の女を抱え下ろし、鎖《くさり》をほどいた。異常者どものガウンを剝《は》ぎ、それを全裸の女たちに与えた。

女たちは誰も満足には歩けなかった。彼女たちをホテルの外の民家まで走らせることは難しそうだった。

敵に発見される恐れもあるが、仕方がない。

竜崎は、傷だらけの女をひとりずつホテルの庭園の奥の暗がりに連れていった。

半《なか》ば気を失いかけている女もいた。五人のうちの三人は、背負わなければならなかった。

「ここで声をたてずに、じっとしてるんだ。あとで必ず迎えに来る」

竜崎は女たちに言い含め、すぐさまホテルに駆け戻った。

広いロビーには、人影はなかった。

内装はまだ仕上がってはいなかったが、エレベーターで七階に上がった。七階は、すっかり化粧仕上げが済んでいた。

廊下には、分厚い絨毯《じゅうたん》が敷き詰められている。難病患者たちの病室も豪華だ。十室あったが、患者のいるのは一室だけだった。

竜崎はマホガニーのドアを押し開け、その病室に押し入った。

三十畳ほどのスペースだった。海側の窓は、嵌《は》め殺《ごろ》しのガラス張りだ。暗い駿河湾に舷灯が点々と散っている。

建物のすぐ下が海だった。夜目《よめ》にも、白い波頭が鮮やかだ。

巨大なベッドがほぼ中央にあり、色の浅黒い男が横たわっていた。
五十二、三歳か。日本人ではなかった。
ベッドの周囲には、さまざまな医療機器が並んでいた。男は眠りこけている。

竜崎はベッドに抜き足で近づき、M559の銃口で男の頭を小突いた。

男が目を覚まし、訛《なまり》の強い英語で言った。

「きみは何者だね？」

「質問するのは、こっちだ。騒ぐと、撃つぜ。あんたは日本人じゃないな」

竜崎も英語を使った。日常会話程度なら、不自由はしなかった。

「マレーシア人だよ」

「癌患者なのか？」

「ああ。全身のあちこちが癌細胞に蝕《むしば》まれてて、もう助かる見込みはないんだ」

「気の毒にな」

「同情してくれなくてもいいさ。ここは天国だからね。痛み止めのモルヒネはふんだんに射ってくれるし、患者の望むことはなんでも叶えてくれるんだ。人間狩りまで愉《たの》しませてくれるんだぜ。最高の病院だよ」

男が陽気に言った。少しも悪びれた様子はなかった。

竜崎は突き上げてくる激情を抑《おさ》え、質問をつづけた。

「あんたも女たちを弄《もてあそ》んだ後、残忍な殺し方をしたのか？」

「ああ、三人ばかりね。ひとりは嚙み殺してやったよ。タイの政府高官は、女の尻や性器の肉を喰《く》らってた。わたしは、人肉喰《カニバリズム》いまではやらなかったがね」

「おまえらは、まともじゃない」

「どう軽蔑されようと、少しも気にならないよ。どうせ間もなく死ぬんだ。人殺しでも何でも存分に愉《たの》しむだけさ」

「入院費は一カ月どのくらいなんだ？」

「日本円にして、平均五千万円さ。しかし、高いと文句を言った患者はひとりもいないよ」

「おまえらは、人間の仮面を被った鬼畜だ。少しは恥を知れ！」

竜崎は怒鳴りつけ、銃把で男の肋骨を強打した。骨の折れる音が響いた。

男が体を丸めて、ヘッドボードから垂れているプラスチックのボタンを押した。医者か、付添人を呼ぶブザーだろう。

竜崎はドアまで引き返し、壁にへばりついた。

二分ほど過ぎると、白衣の男が部屋に駆け込んできた。堀越だった。

「おい！」

竜崎は、ベッドに向かいかけた堀越の背中に声をかけた。

堀越がぎょっとして、立ち止まった。

「き、きさまは……」

「こないだの礼を言いにきたんだよ。おまえの同僚のいる部屋に案内しろ！」

竜崎は、銃口を堀越の左胸に突きつけた。

堀越が無言で二度うなずいた。

竜崎は、堀越を歩かせた。階段を使って、八階に上がる。

七階と似た造りだった。十室ほどの病室があったが、どこもドアは閉まっていた。闇の臓器移植手術を受けた病人たちが、ベッドで回復を待っているはずだ。

医局らしい部屋には、元ドクターらしい男が二人いた。どちらも白衣を着ている。

竜崎は、堀越たち三人を床に這わせた。

三人の後頭部に銃口を順に押しつけると、彼らは質問に素直に答えた。やはり、三人とも魚住康範に高給で雇われた元医師だった。

堀越は医師でありながら、五年も覚醒剤を常用していたために医業停止処分にされたらしかった。後の二人は刑事事件を引き起こし、医師免許を剝奪《はくだつ》されたという話だった。

その二人は堀越の言いつけで、竹下奈央に麻酔ガスを吸わせたことを白状した。野上昇一に麻酔注射を射ったのは、堀越自身だった。野上は魚住邸を張り込んでいて、運悪く梅川組の組員たちに取り押さえられてしまったらしい。

「メスはどこにあるんだ？」

竜崎は、堀越に訊いた。

「そんなもの、何に使うんだ⁉」

「答えなきゃ、引き金を絞ることになるぜ！」

「や、やめてくれ。そこだ、そこにあるよ」

堀越が白い棚を指さした。その顔には、まったく血の気がなかった。

竜崎は三人に銃口を向けながら、棚まで歩いた。棚の引き出しの中には、さまざまな手術器具が詰まっていた。

竜崎は最も大きいメスを手に取って、男たちのいる場所に戻った。

「われわれは、魚住に雇われただけなんだ。悪いのは魚住と山谷って男だよ」

「泣き言はみっともないぜ」

竜崎は鷹のような目で堀越を鋭く睨《にら》み、三人の後ろに回った。

拳銃とメスを持ち替えると、彼は容赦なく三人のアキレス腱《けん》を端から切断していった。血しぶきが六度、高く飛んだ。

堀越たちは凄まじい声を放ちながら、転げ回りはじめた。

床は、瞬《また》く間に夥《おびただ》しい鮮血で汚れた。竜崎は、血臭でむせそうになった。

血の雫《しずく》を滴《したた》らせているメスを捨てようとしたときだった。

敵の残党がなだれ込んできた。

四人だった。先頭の男は、自動小銃を抱えていた。M16だった。

竜崎は血塗れのメスを先頭の男に投げつけ、ずらりと並んだスチール・ロッカーの裏に逃げ込んだ。

ほとんど同時に、M16がリズミカルな連射音を響かせはじめた。全自動《フルオート》だった。マガジンが空になるまで、十秒もかからなかった。

竜崎は横に移動しながら、ロッカーを次々に押し倒した。

四人の男がロッカーの下敷きになった。唸り声と怒号が交錯した。

竜崎は反対側に回った。

男たちが必死にロッカーの下から這い出そうとしている。竜崎は、四人の頭や顔面に強烈なキックを放った。一度も的《まと》は外さなかった。

骨の潰《つぶ》れる音が響き、鮮血が派手に飛び散った。

男のひとりは折れた歯をうっかり飲み込んでしまい、喉を軋《きし》ませた。四人とも呻くだけで、もう誰もロッカーの下から這い出そうとはしない。

竜崎は廊下に走り出て、八階の病室をすべて改めた。

闇の臓器移植手術を受けた病人がいるだけで、敵の男たちは見当たらない。ベッドにいるのは、外国人ばかりだった。肌の色は白、黒、黄色とさまざまだ。

竜崎は病室の窓から、ふとホテルの下にある桟橋を見下ろした。

大型クルーザーが舫《もや》われていた。魚住か、山谷が到着したらしい。

竜崎は病室を飛び出し、エレベーターに乗り込んだ。一階まで降り、表玄関から外に出た。

広い車寄せの左端に、桟橋に通じる長い石段があった。

降り口まで走ると、下から四つの人影が上がってきた。前を歩く二人は、山谷と魚住だった。後ろの二人はガードの者だろう。どちらも堅気には見えない。

竜崎は階段の脇の繁みに走り入った。

身を屈《かが》めながら、斜面を五、六メートルほど降りる。竜崎はM559のスライドを引き、山谷たちが昇ってくるのを待った。

ほどなく四人がひと塊になって、目の前を過《よぎ》っていった。

竜崎は石段に躍《おど》り出た。

「四人とも止まれ！」

「誰だ」

ボディーガード役のひとりが振り返り、懐を探った。少し遅れて、別の男が腰の後ろに手を回した。

だが、二人の筋者らしい男は立ち竦んだ。

竜崎の拳銃に気づいたからだ。山谷と魚住が顔を見合わせ、われ先に石段を駆け上がりはじめた。二人の異常殺人者は、丸腰なのだろう。

竜崎は二段跳びにステップを上がり、棒立ちになっている二人の男に同時に肘打ちを浴びせた。骨と肉が鈍く鳴った。

二人は両側の繁みまで吹っ飛び、そのまま斜面を転がり落ちていった。悲鳴が長く尾を曳《ひ》いた。

階段の上で、人と人がぶつかる音がした。

竜崎は降り口に目をやった。山谷と瑠美が抱き合っていた。山谷の脇腹から、何かが突き出ている。それは、匕首《あいくち》の切っ先だった。

魚住が奇妙な声を発し、山谷や瑠美から離れた。

数メートル退《さが》って、尻から落ちた。どうやら腰を抜かしてしまったらしい。

「瑠美さん、やめるんだ。そんな男は殺《や》る値打ちもないじゃないか」

竜崎は大声で制止し、石段を駆け上がりはじめた。

そのとき、瑠美が刃物を握ったまま全身で山谷を押した。

山谷が野太く唸りながら、瑠美の首を抱き込んだ。

次の瞬間、二人の体が前後に揺れた。瑠美と山谷は抱き合った状態で、階段の上から転げ落ちてきた。

竜崎には、二人を抱きとめるだけの余裕はなかった。まさに、一瞬の出来事だった。

振り返ると、瑠美は石段の下に倒れていた。血みどろの匕首を握りしめたまま、微《び》動《どう》だにしない。俯《うつぶ》せだった。

山谷は、桟橋の近くに転がっていた。

首の骨が折れているらしく、捩《ねじ》くれた恰好で横たわっていた。二人とも、すでに息絶えているにちがいない。

竜崎は階段を昇りきると、魚住に走り寄った。

魚住は尻餅《しりもち》をついたまま、わなわなと震えていた。スラックスの前は、小便の染《し》みで濡れている。極度の恐怖で、失禁してしまったのだろう。

竜崎は魚住の襟首を摑み、荒っぽく引き起こした。

「わ、わしを見逃してくれ。あんたの要求は何でも呑むよ」

「だったら、一緒に夜の海を見てくれ」

「夜の海を？」

魚住が素《す》っ頓狂《とんきょう》な声を放った。竜崎は曖昧《あいまい》に笑って、魚住を階段の降り口に立たせた。魚住は観念した様子だった。

「漁火《いさりび》がきれいだな」

「そ、そうだな」

「よく見とけ。これが見納めだ。くたばれ、鬼畜め！」

竜崎は、魚住の背を力まかせに押した。

魚住は前のめりに転がり、宙で一回転した。それから彼は大きく弾みながら、石段の下まで一気に落下していった。

竜崎は微笑した。

魚住は山谷の上に覆い被さると、石のように動かなくなった。もう生きてはいないだろう。

竜崎は自動拳銃の安全弁を掛けると、遠くに投げ放った。拳銃は斜面で大きくバウンドし、海中に没した。

竜崎は石段をゆっくりと降りはじめた。

中ほどまで降りると、暗い海に一条の光芒《こうぼう》が見えた。警備艇のサーチライトだった。

ようやく畑のお出ましか。

竜崎は苦笑して、ステップを一段ずつ下《くだ》りつづけた。

死んだ野上や伊佐吉の顔が、頭の奥でフラッシュのように明滅した。

しかし、いまは何も考えたくなかった。頭の芯だけが、やけに熱い。

階段を降りきると、竜崎はまっすぐ瑠美に歩み寄った。屈《かが》んで、右手首を取る。

体の温《ぬく》もりは伝わってきたが、脈動《みやくどう》は熄《や》んでいた。

男物の上着の裾が捲《めく》れ上がり、形のいい尻が剝《む》き出しになっていた。

竜崎はパーカを脱ぎ、瑠美の下半身にそっと掛けた。

瑠美を抱いてやるべきだったのか。そうしていれば、彼女は山谷を強請《ゆす》るような真似はしなかったかもしれない。

竜崎は合掌した。

胸の感情を吹き飛ばすように、一陣の浜風が通り過ぎていった。無性《むしょう》に弘子に会いたかった。

竜崎は立ち上がって、桟橋に向かった。

本書は一九九八年二月に青樹社より刊行された『異常殺人者』を改題し、大幅に加筆・修正しました。

なお本作品はフィクションであり、実在の個人・団体などとは一切関係がありません。

文芸社文庫

冷血遊戯

二〇一五年四月十五日　初版第一刷発行

著　者　南英男
発行者　瓜谷綱延
発行所　株式会社　文芸社
〒一六〇‐〇〇二二
東京都新宿区新宿一‐一〇‐一
電話　〇三‐五三六九‐三〇六〇（編集）
〇三‐五三六九‐二二九九（販売）

印刷所　図書印刷株式会社
装幀者　三村淳

ISBN978-4-286-16411-3